스님, 절밥은
왜 그리도
맛이 좋습니까

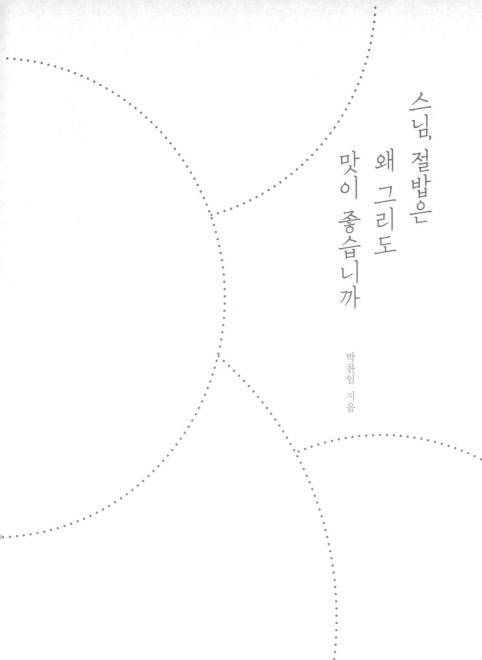

스님, 절밥은 왜 그리도 맛이 좋습니까

박찬일 지음

불광출판사

아아, 잊고 있던 '본디'의 미각,
내 어린 시절의 맛이 거기 있었다

지나고 보니 긴 시간이다. 스님들과 세 해 가까이 이 나라의 들과 산을 다녔다. 작물이 자라는 시기를 기다려 가장 아름다운 때를 골랐다. 우리가 먹는 지구의 작물은 본디 다 자기 세계가 있었다. 무조건 먹히라고 태어나고 자라지 않는다. 그러나 숙명적인 인간들이 그 틈에 개입하여 다른 질서를 만들어낸다. 인간이 씨를 받고, 심고, 키워서, 먹는다. 그것을 우리는 농사라 부른다. 질서 안에 불쑥 끼어든 다른 존재, 그러므로 인간은 세상 안에서 먹는 일에 겸손해야 한다. 그것을 가장 적확하게 표현한 노래가 있다. 다른 무엇으로 대체할 수 없는, 부처의 말씀이 이런 것이다. 정곡을 찌른다.

이 음식이 어디에서 왔는가
내 덕행으로 받기 부끄럽네
마음의 온갖 욕심을 버리고
육신을 지탱하는 약으로 알아
깨달음을 이루고자 이 공양을 받습니다

아아, 폭식을 미식으로 알고 음식재료 희롱함을 재주로 삼는 이 절망의 시기에 이 노래는 무엇인가. 부끄러움을 안다는 것, 넘치지 않게 '지탱'하기 위한 방도로 산물을 받는다는 것. 이것은 정곡이며, 정수리에 떨어지는 깨달음이다.

만물이 무르익는 시기는 다 다르다. 그래서 열두 달, 스물네 절기를 스님과 다닐 수 있었다. 이 어찌 흔쾌한 일이 아닐까. 그 긴 기행의 핵심은 아마도 시간이었다고 생각한다. 기다린다는 것이 물질의 요체였다. 순정한 두부가 엉기는 시간을 기다리면서 참다운 마음을 가다듬었다. 찬 바닷물에 김이 붙어서 먹을 수 있게 자라는 경과를 역시 기다려야 했다. 하느님과 동업하는 김의 성장은 역시 시간을 먹는 일이었다. 냉이는 추운 겨울이 없으면, 달고 깊은 향을 내지 못한다(동남아 냉이라는 건 없을 것 같다). 냉이는 푸른 잎을 사람에게 보여주지만, 정작 맛은 저 뿌리에 차곡차곡 쌓는다. 그것 역시 추운 겨울을 나야 하는 절대 시간이었다. 미나리는 겨울의 혹독한 추위 없이 향을 세포 안에 축적할 수 없으며, 고사리는 딱 며칠간의 따스한 봄날에만 여린 싹을 우리에게 허락한다. 보리는 저 살자고 까칠한 비수를 씨앗 껍질에 감추고 있다. 매실이 제 맛을 갖자면 또 얼마나 긴 겨울을 넘기었던가.

감자는 원래 하늘의 별이었다고 했던가. 그 감자가 밭에서 태어나는 순간은 여름의 초입이어야 가능하고, 토마토가 맛있는 건 미리 따지 않고 끝까지 열매에서 붉은색을 완벽하게 얻을 때이다. 맛있는 된장은 무슨 일이 있어도 한 시절을 옹기 안에서 보내야 하며, 시금치의 뿌리는 대지의 마음과 동일하다는 것도 스님과 함께 걸으면서 얻은 교훈이었다. 뿐이랴. 미역에 제 맛이 드는 것은 시린 바람과 바닷물의 깨질 듯한 수온을 견뎌낸 선물이었다. 콩나물이 숨소리를 쌕쌕거리며 일주일을 버텨야 비로소 비리지 않고 고소한 맛을 준다는 것도 움직일 수 없는 상식이었다(사람들은 그것을 사흘, 나흘로 자꾸 앞당긴다). 그 자리에 여러 스님과 함께 했다. 나는 어리석었고, 그 오랜 만남으로 조금 낯을 씻었다. 그리하여 이제 인사를 드린다. 감사합니다, 스님.

스님들의 조리법은 농사의 현장에서 이루어지는 까닭이라 더욱 간결했다. 그래서 독자들이 따라 해보기 더 쉬울 것 같다. 그것은 절집의 맛이겠지만, 동시에 우리의 맛이다. 한식이 곡절의 시대를 살면서 변해 가고 있을 때 고갱이를 붙들고 있는 것이 바로 이 맛이 아닌가 싶기도 하다. 산사 안에 갇혀 있어서 살아남은 셈이다. 이 역설을 우리는 감사해야 한다. 글을 읽다가 배가 고프거든 조리법을 따라 해보시기 바란다. 긴 시간이 흘렀다.

한 가지 깊이 고개 숙여 사과드린다. 햇수로 3년여, 이 긴 기행을 시작하기 전 나는 의심으로 가득 차 있었다. 이 기행이 이렇게 길게 이어질 줄 몰랐다. 나는 나를 믿지 못했고, 무엇보다 스님을 믿지 못했다. 저 회색 옷 입은 수행자들이 하는 요리가 과연 그 명성만큼 맛있을까, 진짜일까. 고기도 육수도 향신채도 아니 조미료도 치즈도 쓰지 않고 과연 혀에 붙는 맛을 낼까. 한번은 한 스님에게서 밥상을 받았다. 아아, 잊고 있던 '본디'의 미각. 순수하고 자연스러운, 내 어린 시절의 맛이 거기 있었다. 나는 살짝 울 뻔했다. 그 감동은 다른 스님에게서도 이어졌다.

누군가 말한다. 수도하는 이들에게 미각이 무엇이며 요리법의 고민이 무슨 사치냐고. 나도 그 말에 절반쯤 수긍하던 때가 있었다고 고백한다. 그러나 그 시선은 한참 본질에서 빗나간 것이다. 만물을 알뜰히 먹는 일은 수행의 고갱이다. 들과 산, 밭에서 얻은 것들을 다듬고 갈무리하고 불(火)과 장을 입혀 요리하는 일은 가장 숭고한 수도다. 그것을 맛있게 요리해서 수도하는 이들과 대중에게 내는 일보다 더 '수도승'다운 일이 무엇인지 내게 말해 달라. 수행에는 각기 다른 방식이 있되, 일상의 수행은 하루 세 번의 끼니에서 출발한다. 왜 아니겠는가. 인간의 방식으로 만들어진 것이 종교 아니던가.

같이 이 긴 기행의 시간을 나눈 이들이 있었다. 월간 〈불광〉의 하정혜 기자는 늘 취재 준비에 바빴다. 요즘처럼 취재 사정이 거친 시절이 언론에 없으니, 그이가 들인 공이 너무도 깊었다. 하 기자의 뒤를 이어 취재 지원을 맡아준 유윤정 기자와의 일은 늘 즐거웠다. 마지막으로 장거리 운행을 마다하지 않고 핸들을 잡았으며 현장에서 늘 한 컷이라도 더 찍으려 했던 프로다운 프로 최배문 사진기자의 공도 이 책의 토대를 이루었다. 이 책이 많은 사랑을 받는다면, 그것은 이 세 분의 공덕으로부터 출발했다고 인정해야 한다. 삼가 합장 올린다.

2017년 4월 봄
박찬일

목차

요리사 박찬일과 열세 스님이
'들판에서 만든 사계절 사찰음식 레시피 23'

스님 소개 | 가나다순

대안 스님 | 경남 산청 지리산 금수암 주지
도림 스님 | 경기 남양주 덕암사 주지
동원 스님 | 충남 서천군 천공사 주지
보명 스님 | 경북 경주(산내) 보광사 주지
선재 스님 | 선재사찰음식문화연구원 원장

성환 스님 | 전북 남원 극락암 주지
수진 스님 | 충남 서산 수도사 주지
우관 스님 | 경기 이천 마하연사찰음식문화원 원장
원상 스님 | 경북 안동 토굴에서 정진 수행 중

적문 스님 | 경기 평택 수도사 주지
정관 스님 | 전남 장성 백양사 천진암 주지
지유 스님 | 서울 은평구 수국사 사찰음식 강사스님
혜성 스님 | 경남 고성 여여암 주지

봄

너르고 참한 땅 흙냄새 햇볕 냄새 피어오르고 바람도 익어 다사로운 날,
파란 미나리 툭 꺾어 맛을 보니 입안 가득 그 향기 은근하다.
아, 봄이여, 부디 온 세상 구석구석 따듯하게 적시며 천천히 흘러가시길.

냉이
미나리
고사리
국수
명이

냉이

속도 고치고 마음도 씻으라고 냉잇국

대 안 스 님 과 떠 난 냉 이 여 행

서산 땅이다. 최배문 사진기자가 모는 승합차가 바퀴를 혹사해가면서 가속기를 밟는다. 들에 봄 준비는 일러 보이는데 땅을 갈아엎는 트랙터가 보인다. 어디선가 두엄 기운도 대지에 퍼진다. 대안 스님의 보따리가 궁금하다. 승합차가 스님의 거소에 들러 막 모시고 올 즈음, 한 보따리의 짐을 보았던 것이다. 짐 안쪽으로 얼핏 단정한 그릇과 팬이 보인다. 무얼 하시려나. 나는 스님이, 속도 고치고 마음도 씻으라고 냉잇국을 끓여주실 것 같다. 한 달 동안 죄짓고 미친 듯이 살아가다가 이 출장길에서야 스님을 만난다. 이게 무슨 짓인가 싶다.

낡은 합성섬유 '쉐-타'를 입은 누이들의 뒷모습

봄 아지랑이, 버짐, 낡은 합성섬유 '쉐-타'를 입은 누이들의 뒷모습. 바지런한 호미질. 내가 기억하는 냉이의 이미지다. 정작 그 나물의 향과 기운보다는 어린 누이들의 닳아버린 소맷부리가 더 생각난다. 그러고는 온 집 안에 가득히 퍼진 냉이 향이 코를 간질이던 기억들.

봄

냉이

냉이인지 쑥인지 모르겠지만, 그걸 캐러 갔던 길에 보았던, 마을 뒷산에 아지랑이가 피어올랐던 생각도 난다. 나른한 봄날, 바람은 여적 차갑고 아지랑이 피는 동산에 누이들을 따라갔지.

서산에 차를 내리니 후각이 잊지 않고 그 어린 시절의 동산으로 이끈다. 나는 울보다. 살짝 눈가에 맺히는 게 있다. 울컥한다. 누이들 생각 때문이겠지. 당신들이 보낸 그 세월들.

봄에 냄새가 있다면 막 이 즈음이 아니고서야. 흙이 기운을 차려서 뱉는 거칠고 여린 호흡, 번식을 준비하는 온갖 생명들의 보금자리의 따사로운 냄새, 멀리 바다에서 불어오는 훈풍의 다정한 어깨동무 같은 냄새.

"아지랑이인 줄 알았더니 안개일세."

일행이 말한다. 서산은 바다에 잇닿아 안개가 심하다. 안개는 먼 바다에서 서산의 너르고 참한 땅으로 들어왔다. 울긋불긋한 색깔의 사람들이 서산의 들에 보인다. 어느 아낙들이려나, 나물 캐러 가던 누이들은 아니겠지. 하긴 그이들이 어린 시절부터 그리 냉이를 캤을 것이다. 냉이 캔 역사가 쉰 해, 예순 해를 넘겼으리라.

"시방 해미서 왔슈. 여그 다 먼 데서도 오구 그래유."

밭에 달라붙어 냉이 캐는 보살들이다. 서산군 음암면은 국내 냉이의 최대 산지 중 하나다. 서산 전체가 국내 냉이 소요량의 70~80퍼센트 정도를 일군다고 한다. 냉이 캐는 시기가 대개 정해져 있어서 서산, 홍성에서 손 쉬고 있는 아낙들이 다 몰려들어 캐는 것 같다. 냉이는 억세어지면 맛이 떨어지고, 무엇보다 도시의 수요가 2, 3월에 몰려 있는 까닭이다.

"냉이야 11월 20일께부텀 캐구 3월 20일께 그만두쥬. 그래두 지금이

젤 바뻐유. 밥두 대먹음서 캔다니께유."

보살들이 호미질을 멈추지 않으면서 대꾸해주신다. 마침 대안 스님 팬도 있다.

"시방 봄이니께 스님이 테레비에서 냉이루 뭘 만드실려나 봐유?"

내게 물으신다.

"그럼요. 스님이 만드는 건 뭔가 살리는 음식이니까. 뭐든 제 목숨 일구는 음식이니까. 봄에 냉이 안 하면 뭘 하겠어요. 조금만 기다려보세요. 텔레비전은 아니고요, 〈불광〉이라는 잡지에 나올 거예요."

아마도 냉이에 대한 가장 극적이고 진중한 표현은 소설가 김훈의 것이다. 소설 《남한산성》에서 그가 묘사한 냉이는 지금 서산에서 보는 냉이보다 더 절실하고 아프다. 한 대목 옮겨본다.

'묵은 눈이 갈라진 자리에 햇볕이 스몄다. 헐거워진 흙 알갱이 사이로 냉이가 올라왔다. …… 언 땅에서 뽑아낸 냉이 뿌리는 통째로 씹으면 쌉쌀했고 국물에서는 해토머리의 흙냄새와 햇볕 냄새가 났다. 겨우내 묵은 몸속으로 냉이 국물은 체액처럼 퍼져서 창자의 먼 끝을 적셨다.'

이미 무참하게 지는 것이 정해진 남한산성에서의 농성. 그 순간에 등장한 냉이는 곧 그 시절의 우리였다. 대책 없던 우리 할배들.

냉이는 이미 겨울부터 자라고 있었다

냉이는 방석식물의 일종이다. 봄동이나 민들레와 비슷하다. 잎이 위로 솟지 않고 방사형으로 평퍼짐하게 퍼진다. 그래서 방석식물이라고

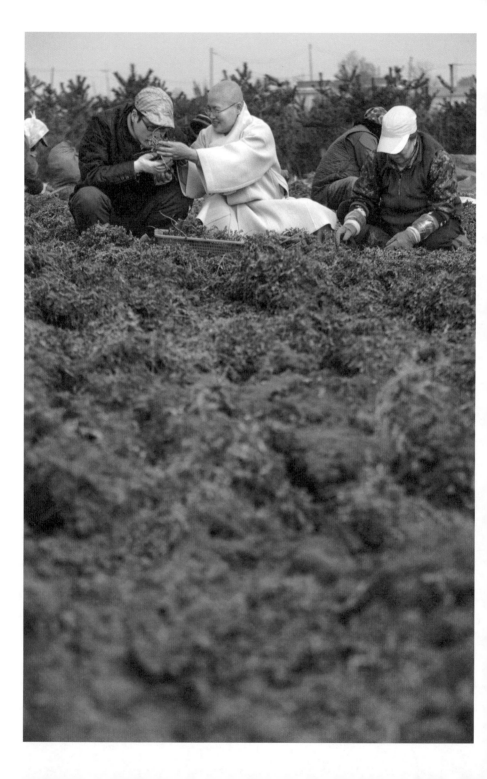

기름을 바르고 전을 부친다. 막 손질한
싱싱한 냉이가 전 안에 고스란히
제 몸을 편다. 아아, 이 향이란!

한다. 이런 식물의 공통점은 겨우내 자란다는 것이다. 추우니, 얼지 않으려고 잎이 납작 엎드려 성장한다. 잎의 조직도 억세다. 겨울을 겨우난 이 땅의 민초들이 냉이와 봄동을 먹고 기운을 차린다는 것은 그야말로 절묘한 설정이다. 마치 신이 짜놓은 것 같다. 함께 힘겨운 겨울을 난 생명의 돌고 도는 역정을 생각하게 하는 것이다. 사실 냉이는 겨울에 이미 자라고 있다. 이르게는 11월에도 캔다. 봄이 냉이 제철이라고 하는 건 생산량과 관계가 있다. 겨울에 더디 자라던 냉이가 훈풍을 업고 이파리를 풍성하게 하고, 아무래도 봄이 되어야 땅도 녹아서 쉬이 캐지기 때문이다. 냉이는 겨울 날씨가 작황을 예견하게 한다.

"날씨가 좀 춥구 매웠다가 좀 따뜻허다가 해야 냉이가 잘 돼유. 그래야 냉이란 늠이 뿌리가 강해져서 향이 좋아유."

세상 이치, 냉이라고 다르지 않다. 단련되지 않은 생은 온실 화초와 같다. 일본 규슈 지방에 쌀을 취재하러 간 적이 있다. 규슈는 더운 지방이라 좋은 쌀이 없었다. 그런데 최근 일본 전국 쌀 품평대회에서 규슈 쌀이 1등을 했다. 다들 놀랐다. 비결은 다른 게 없었다. 보듬어주고 영양을 충분히 공급하는 대신 오히려 가혹한 환경에서 벼를 길렀다. 땅에 영양분이 적었고 물도 조금 주어서 벼가 늘 목말랐다. 벼는 제 몸에 들어오는 제한된 영양을 최대한 몰아서 낟알에 보내기 시작했다. 그러자 기적이 일어났다. 인내와 고통의 열매를 달다고 했던 건 벼도 마찬가지였던 모양이다. 낟알이 정말 맛있게 영글었다. 가혹한 겨울을 나야 냉이 맛이 진짜인 것은 세상의 이치이며, 부처님이 말씀하신 진리의 일부다.

2016년은 날씨가 덜 추워서 냉이 맛이 평년작이었다. 냉이를 서산에서 많이 기르는 건 우선 땅 때문이다. 구릉이 적당하고 배수가 좋은데다가 해풍이 늘 불어서 온도가 잘 조절된다. 매운 해풍도 불어오고, 어쩔 때는 따사롭기도 하다. 냉이는 뿌리 맛인데, 더운 지방은 잎이 웃자라 상품가치가 떨어진다고 한다. 냉이 잎은 별로 향도 없다. 영양은 뿌리에 응축된다. 겨울을 나면서 꾹 참고 뿌리에 영양을 몰아서 보내주는 냉이의 마음을 알겠다. 그리하여 그 냉이 뿌리가 들어간 된장국의 기운을 알겠다. 감사한 마음으로 한술 뜨겠다. 나무관세음보살.

대안 스님은 냉이로 많은 요리를 한다. 그중의 냉이 차 얘기에 귀가 솔깃하다. 몸의 독을 빼고 부기를 내려주는 특효약이란다. 냉이 뿌리를 잘 손질해서 찐 후 말려서 차로 먹으면 된다. 말린 것을 가루 내어 먹어도 좋다. 그렇다면 1년 내내 냉이 가루로 국을 끓일 수도 있겠다. 나 같은 냉이 귀신에게는 절묘한 조언이시다. 내가 얼마나 냉이를 좋아하면서도 바보 같았는가 말씀드렸다. 일행이 모두 웃는다. 이런 얘기다. 들어보시라.

'제철 냉이를 한 보따리 받아다가 모두 데쳤다. 그것을 꼭 짜서 냉동했다가 국을 끓이니 향도 적어지고, 무엇보다 냉이가 까매졌다. 냉이는 그리 보관하는 게 아닌 것이다. 나물로 즐기자면 데쳐서 물기를 짜지 말고 그대로 냉동하는 게 원칙이다.'

겨울내 알턴 병자도 약 대신 냉이국
보살들이 힘겹게 쭈그려 앉아 냉이를 캔다. 한 자락씩 다 캘 때까지는 휴식도 쉽지 않다. 스님의 보따리가 열린다. 보살들 드시라고 떡이 한 상자다. 다시 요리도구가 나온다. 무얼 해주실까.

"여기 보살님네들 몸 녹이라고 장작 피워놨으니 이 불 위에서 요리합시다."

스님 표정이 밝다. 소녀 시절의 추억일까. 밭에 불 피우고 요리를 한다니. 막 스님이 손수 캔 냉이 손질이 내 몫이다. 아직 수돗물은 얼음장이다. 물은 더디 차가워지고 더디 달궈진다. 그 물에 냉이를 씻는다. 손이 빨갛게 언다. 그래도 꼼꼼하게 씻는다.

"냉이를 캐면서 흙은 다 떨어야 해유. 안 그라믄 상품이 안 돼유. 그놈을 세척장에 가져가서 일곱 번을 씻어유. 다시 기계로 씻어야 시내에 나갈 수 있슈."

우리가 마트에서 집어서 가져오는 냉이 한 봉지에는 이 같은 수고가 겹겹이다. 냉이 한 봉지는 그저 냉이가 아니라 저 양반들의 노고의 총합이며 삶의 존재다. 보살들의 살점이다. 세척장에 가면 거대한 수조에 냉이를 넣고 흙을 씻어내는데, 온몸에 방수복을 입은 일꾼이 수영하듯 들어가서 씻어내야 비로소 깨끗한 냉이가 된다. 직접 캐보니 흙이 반이고, 게다가 잘 떨어지지도 않는다. 냉이 이파리가 억세고 촘촘하며, 뿌리도 골이 있어서 흙이 쉬이 씻어지지 않는 까닭이다. 이런 노고로 만든 한 그릇의 냉잇국, 어찌 무심하게 뜰 수 있으랴.

"세상의 음식은 당신에게 가장 큰 위로입니다. 음식이란 동시에 비폭력적이어야 하지요. 그 원칙이 바로 절밥의 위대함입니다. 그게 요즘 말하는 힐링이지요."

스님이 장작불에 팬을 얹으면서 하시는 말씀. 불티가 아름답게 튀어 올라 팬 안으로 떨어진다. 기름을 바르고 전을 부친다. 막 손질한 싱싱한 냉이가 전 안에 고스란히 제 몸을 편다. 아아, 이 향이란!

보살들께 한 점씩 드린다. 이들이 진정 냉이를 즐길 자격이 있음에야. 예부터 냉이는 누구나 사랑하는 음식이었다. 겨울을 이겨낸 자격으로 냉이를 먹었다. 아픈 이들도 냉이로 몸을 달랬다. 오래전 신문에서 냉이 기사를 찾아본다.

'마을 처녀들은 연두저고리에 분홍치마, 옆에는 보구니를 끼고 버들피리 불면서 삼삼오오 짝지여 냉이와 소르쟁이를 캐러 다니는 조선의 봄에는 미구에 진달네와 개나리가 피어날거니 아름답다 그 입체미여! 겨울내 알턴 병자도 약 대신에 냉이국을 먹으면 날거같고…… (후략)'

<동아일보> 1938년 3월 4일자 기사. 우리 땅의 냉이 캐고 먹는 모양은 백 년 동안 변하지 않았다. 다만 연두저고리 분홍치마 누이들 대신 보살들이 일당을 받고 그 일을 대신하고 있을 뿐이다. 냉이전을 나눠 먹고 보살들과 헤어질 시간. 그녀들의 엉덩이에 스티로폼 방석이 붙어 있다. 쪼그려 일하니 허리가 아프고 그 대안으로 몸에 붙들어 매는 방석이다. 가슴이 아프다. 할매 보살들, 허리는 그렇게 굽어왔던 것이다. 겨우내 살려고 방석식물이 되어 납작하게 대지에 싹 띄우는 냉이와 그것을 캐기 위해 허리 굽어가며 방석에 앉는 할매 보살들이라니.

돌아오는 찻길, 자욱하던 안개가 걷히고 봄 햇살이 슬금슬금 퍼진다. 아직 찬바람에도 차창을 열었다. 봄이로구나. 나도 모르게 혼잣말을 했다. 스님을 돌아보니, 먼 산을 보신다.

봄

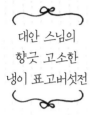

대안 스님의
향긋 고소한
냉이 표고버섯전

준비하세요

냉이, 건표고, 우리밀가루, 집간장, 들기름

이렇게 만들어요

1 표고버섯을 먹기 좋은 크기로 쪼개 물을 붓고 밀가루
   와 간장을 넣는다.
2 반죽을 골고루 섞어준다.
3 깨끗이 씻어놓은 냉이를 3~4cm 길이로 잘라 넣는다.
4 팬에 들기름을 살짝 두르고 노릇노릇하게 부친다.

tip 냉이는 뿌리가 너무 굵고 질기지 않으며 잎이 짙은 초록색
을 띠는 것이 좋다. 잎과 줄기가 자그마하며 향이 진한 것이 좋은
맛을 낸다. 뿌리 쪽의 껍질을 칼로 살살 긁어 벗겨낸 다음 흐르는
물에 여러 번 헹궈서 요리한다.

25

냉이를 오래 두고 먹는 법

냉이를 오래 두고 먹으려면 여러 가지 방법이 있다. 우선 냉동고를 이용하면 된다. 푸
른 잎을 떼어내고 뿌리만 추린다. 살짝 삶은 후 물기가 어느 정도 있는 상태에서 잘
포장하여 냉동한다. 가급적 빨리 소비한다. 말려서 쓰는 방법도 있다. 냉이를 찐 후
햇볕에 잘 말린다. 가루 내어 보관해도 좋다. 냉이차를 만들어 먹으면 스님 말씀대로
해독작용을 한다.

봄

미나리

미나리 파란 싹, 사철 먹으면 신선이 될까

적 문 스 님 과 떠 난 미 나 리 여 행

경북 영천 가는 길, 차창을 여니 봄이다. 바람도 깊게 익어서 따스하다.
남쪽에는 이미 산수유와 개나리가 지천이라는 소식을 라디오가 전한
다. 도회지에서 잊고 사는 건 계절 감각이게 마련이다. 텔레비전이나 신
문에서 호들갑스럽게 봄이 왔다고 스케치를 내보내지 않는 이상, 도시
에서 시간의 흐름을 들여다보기 어렵다. 들에서 봄을 보면, 이미 그 따
스함이 비친다. 초록으로 물드는 물상이 싱그러워지는 것이다. 천지 만
물이 제 날을 잊지 않은 것, 이 정교한 설계라니!

귀한 복어보다 미나리!

긴 여행 끝에 해발 1,124미터인 보현산이 멀리 보인다. 경부-영동-중
부내륙-경부선을 다시 타고 인적도 차도 드문 보현저수지 길을 에돌
아 당도한다. 마라톤 코스로 개발되어 있는 곳이다. 벚꽃이 가득 피어
날 때, 경주마라톤대회에 참가한 마라토너들이 이 길을 뛴다고 한다. 보
현산에는 천문과학관이 있다. 본디 마라톤 코스도, 천문과학관도 없던

봄

이곳은 깊고 깊은 산촌이었다. 숯가마가 있던 곳. 예전에 숯가마 골은 가장 먼 땅을 의미했다. 영천 시내를 오가는 길이 저수지를 굽이쳐 돌아가는데, 숯 가지고 장에 가던 장꾼의 발길이 얼마나 멀고 아득했을까 싶다. 교행하는 차도 거의 없는 길을 멀리 보현산을 보며 차를 몰았다.

오래전 여래께서 보살을 두시되, 문수의 지혜요 보현은 발이라 했다. 그 자비로움이 두툼하고 길게 발을 뻗었다. 보석은 묻혀 있으면 드러나는 법. 절묘한 풍수와 아늑한 품이, 이곳을 두고 왜 사람들이 보현을 입에 올렸는지 알겠다. 숯쟁이도 없는 그 땅에 지금 미나리가 지천이다.

"여기 산 이름도 보현입니다. 보통 인연이 아닙니다. 어서 오이소, 스님."

영천 나리농원 작목반 김철섭 반장님이 합장으로 맞는다. 1년에 딱 두어 달 수확하는 바쁜 미나리 철이라 고단함이 어깨에서부터 배어 있다. 그런데도 차를 부려가며 취재 일행을 위해 이리저리 분주하시다. 구석구석에 있는 밭으로 차를 몰아 구경시켜준다. 미나리는 2월부터 수확해서 시장에 내지만, 3월 중순부터 본격 출하가 시작된다. 날도 기막히게(?) 잡았다. 이미 가설 비닐하우스 안에서 동네 할매들이 모여 연신 미나리를 손질하느라 허리가 더 굽었다. 연세 지긋하신데, 일손은 날래다. 물 좋은 고장의 덕인가. 적문 스님이 가득 쌓인 미나리를 보고 짧은 감탄사를 내신다.

"좋구만요. 이런 미나리, 대처에선 볼 수가 없어요. 봄에 이렇게 좋은 미나리 드시는 보살님들이 부럽구만요."

스님이 미나리 줄기를 툭 꺾어 맛을 보는데, 향이 은근하다.

"미나리라카는 기 환경이 좋아야 합니다. 보현산에서 계곡으로 물

이 내려오고, 그게 지하수가 되어 미나리가 먹고 자랍니다. 맛이 없을
수가 없는기라.”

반장님의 여유로운 자랑이다. 귀경한 후 서울 시장에서 미나리를 구
해서 먹었다. 보현산 나리농원의 미나리와는 맛이 천지 차이다. 아삭함
도, 단맛도 떨어진다. 이곳 미나리의 맛을 필자는 비교 체험한 셈이다.
미나리는 해독효과가 뛰어나다고 한다. 그래서 간이 안 좋은 양반들이
미나리즙으로 효험을 보았다는 얘기는 흔히 듣는다. 부처님 가피 입은
세상의 물성이 어디 불용한 것이 있겠느냐만, 이 봄의 미나리는 자못
각별하다. 도시 처사들이 주취를 푸는 복엇국집에서 정작 복어보다 미
나리를 더 많이 먹는 일도 그런 맥락이다. 탕이면 탕, 무침이면 무침, 지
짐이면 또 지지고 나물로 변하기도 하는 미나리의 쓰임새다. 미나리를
다시 청하는 건 이런 식당의 가장 흔한 주문이다.

“미나리는 원래 밭둑이나 물가에서 자라곤 했어요. 그거 꺾어다가
쓰기도 하고. 어렸을 때의 동네 미나리꽝 생각이 나는구만.”

스님의 기억이다. 미나리를 벼 추수한 논에 씨를 뿌렸다가 봄에 수확
하는 경우가 많았다. 논에 물을 대고 키우는 현장을 보통 '미나리꽝'이
라고 부른다. 무논에서 키우면 훨씬 잘 자라기 때문이다.

“청도 한재 미나리가 물미나리꽝 대신 주로 밭에서 기르면서 품질이
좋다는 걸 알았어요. 물에서 기르면 성장이 빠른 대신 향이나 맛은 밭
보다 못했거든요. 우리 별빛마을 미나리작목반에서도 그 재배법으로
기릅니다. 그래야 향이 좋고 아삭아삭합니다.”

미나리가 이토록 다디달고 시원하다는 건 나도 처음 알았다. 자꾸

29

봄

미나리

맨입에도 손이 간다. 스님이 가져온 재래된장에 찍어 먹으니 이런 별미가 있나 싶다. 미나리 철인 요즘은 원조 격인 청도는 물론 이곳 영천 일대에도 차가 꼬리를 잇는다. 미나리 맛을 보고 사가려는 사람들이다. 삼겹살 같은 고기를 사들고 와서 미나리에 곁들이는 게 유행이다. 경상도 쪽 내륙의 특별한 봄철 행사인데, 아는 사람만 아는 지경이었다가 요즘은 아주 유명해졌다. 그래서 주말에는 교통경찰차가 와서 교통정리를 하지 않으면 심각해질 지경이다. 미나리가 불러온 이 지역의 특별한 풍경이다.

정수리까지 치고 올라가는 은은하고 알싸한 향

"미나리는 수확하는 즉시 다 팔려버립니다. 이렇게 한 5월까지 수확을 합니다."

이곳 영천 미나리 재배는 특이한 기술을 적용하고 있다. 밤에는 지하수를 끌어 밭에 대고는 낮에는 뺀다. 섭씨 13도인 지하수 온도가 밤의 추위로부터 미나리를 보호하는 것이다. 낮에 물을 빼는 건 과다 생육을 막아 맛을 좋게 하려는 의도다. 비료라든가 퇴비 같은 별다른 인공적인 조치 없이, 그저 물을 빼고 넣는 것만으로도 맛있어진다는 미나리는 얼마나 청정한 것이냐. 과한 것을 오히려 막아서 맛을 지킨다. 너무 많아서 일으키는 세상의 분란을 생각해보니, 딱 들어맞는다.

청도와 영천 같은 경상도 내륙이 미나리가 잘 되는 이유가 있다. 물도 물이지만 일교차가 중요하다. 거개의 작물은 큰 일교차가 있으면 스

스로 맛있는 성분을 몸 안에 응축한다. 시련이 사람을 더 단단하게 만드는 것처럼. 토굴 바람벽의 핍진한 용맹정진이 득도에 이르게 하는 것처럼. 결핍과 부족이 오히려 좋은 열매를 맺게 하는 건 인간사의 이치와 다를 바 없다는 생각도 든다. 단련되고 깎인 인생에 복이 있으라.

"미나리는 지금이 제철이지만, 과학이 발달해서 사철 수확을 할 수도 있습니다. 미나리는 딸기처럼 밭에서 겨울을 나야 싹을 틔우는 작물인데, 씨를 냉동고에 넣어서 겨울인 것처럼 착각을 일으키게 하는 농법도 있어요. 그나저나 이 미나리 좀 잡솨보세요."

미나리는 웃자라면 향이 세지만 아삭한 질감을 잃고 질겨지고, 너무 어려도 향이 모자란다. 딱 제 몫을 하는 크기가 있는 것이다. 스님이 미나리를 섬세하게 고르신다. 요리를 하실 모양이다.

"절밥에 미나리가 귀하게 쓰이지요. 맛이 좋은데 값도 싸니까. 삶고 날로 쓰고 끓이고."

미나리 손질하는 스님의 손이 넉넉하다. 호방한 모습을 보니 승병이 떠올랐다. 아마 난리가 나면 스님들이 무장해서 딱 저런 풍모이겠거니 싶었다. 그 큰 손으로 요리를 주무르는 손길은 뜻밖에도 섬세하다. 미나리를 데치고 유부주머니에 두부와 숙주 넣어 조린다. 미나리 한 점을 씹어본다. 은은하고 알싸한 향이 정수리까지 치고 올라간다. 식욕이 돋고 입안이 정갈해진다. 미나리의 덕성은 자못 꼿꼿하고 은근하다.

"미나리는 추위도 더위도 다 잘 견딥니다. 병충해도 잘 안 앓으니 농약도 안 치고 기르지요. 가만 놔두면 사람 키만큼 자라는데, 지금 따는 건 결국 아주 여리고 어린 줄기인 셈이지요."

스님은 일찌감치 강연과 책으로 사찰음식을 대중에게 소개한 이력이 있다. 먹어서 영양을 취하되, 먹어서 덜어내는 일. 이 역설을 가진 대한민국 사찰음식의 역사에 그이가 있었다. 스님이 놓는 음식은 담박하되 길게 끌고 가는 맛이 있다. 뜻밖에도 남성적인 힘보다 정갈하고 섬세한 쪽이다. 소박한 놓음인데 엄격한 균형이 느껴진다. 오랜 내공, 그것이다.

사철 먹으면 신선이 될까

"〈농가월령가〉에 미나리를 다루는 내용이 있어요. 옛날부터 미나리는 우리 생활에 아주 중요한 채소였어요."

스님의 말씀이다. 찾아보니 과연 이런 가사가 나온다. '1월령'이다. 즉 양력으로 2월 정도에 해당한다.

'사당에 세배하니 떡국에 술, 과일이구나. 움파와 미나리를 무엄에 곁들이면, 보기에 싱싱하여 오신채가 부러우랴.'

오신채가 부럽지 않다니. 미나리의 싹싹한 맛은 진하고 자극적인 오신채가 부럽지 않다는 것이다. 그런 인연이 불가에서 미나리를 즐겨 썼던 까닭인 것 같다.

"미나리 다루는 건 쉽지 않습니다. 질겨지니까 조리 타이밍을 잘 잡아야 하죠."

낮은 온도로 천천히 익혀서 부드럽게 만들거나 아니면 살짝 익혀서 맛을 살리고 색을 북돋우는 요리법을 주로 쓴다고 한다. 물미나리보다

봄

미나리

그저 물을 빼고 넣는 것만으로도 맛있어
진다는 미나리는 얼마나 청정한 것이냐.
과한 것을 오히려 막아서 맛을 지킨다.

밭미나리 값이 두 배. 그 비싼 미나리를 할매들이 거의 다 손질해간다. 하루에 한 사람당 40킬로그램을 손질해서 출하한다.

물미나리는 손질도 쉬운데, 밭미나리는 흙이 많이 묻어 있어서 세심하게 손질해야 한다. 손으로 티를 다 골라낸 미나리를 맑은 지하수를 퍼올려 씻는다. 말갛게 세수하는 미나리를 보니 가슴까지 시원해진다.

"안 해먹는 게 없어요. 라면에 넣어 먹어도 맛있고, 그냥 이렇게(맨입으로 드시는 시늉) 먹어도 좋아요. 입이 개운해지고."

반장님의 설명이다. 미나리를 저렇게 드시고 살면 신선되겠다고 농을 던졌더니 "그게 봄 한철이라 결국 신선이 못 되는 모양"이라고 웃으신다.

미나리는 씨를 뿌리지 않고 그냥 베어낸 미나리가 그대로 줄기 번식을 한다. 그래서 1년 농사다. 하우스 재배가 일반적인데, 가온(加溫, 불을 때서 온도를 높이는 것)은 하지 않는다. 지하수로 온도를 조절하는 정도가 사람의 할 일이다. 미나리를 꺾어 속이 꽉 차야 상품이라고 한다. 물만 먹고 추위를 견뎌내며 속을 채운 미나리의 마음이 여기 있다. 잔정 많은 반장님과 헤어질 시간이 왔다.

"미나리 다 하면 뭐 하냐고요? 토마토도 해야 하고, 곤달비도 하고. 촌에 1년 안 바쁜 철이 어데 있습니까?"

반장님 손마디가 굵다. 스님의 깊은 합장. 진짜 봄이 슬슬 멀리 보현산에서 줄을 지어 내려오고 있었다. 우리가 하루를 보낸 마을 이름이 놀랍게도 바를 정, 깨달을 각. 정각리다.

봄

미나리

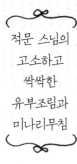

적문 스님의
고소하고
싹싹한
유부조림과
미나리무침

준비하세요
유부조림 : 유부 12장, 당면 한 줌, 삶은 숙주나물 한 줌, 표고버섯 8개, 두부 1모, 잣, 생강즙, 후추, 미나리 줄기 12개, 표고다싯물, 설탕 3큰술, 진간장 1큰술, 물, 소금

미나리무침 : 미나리 1단, 소금, 참기름, 참깨, 잣, 초간장
표고다싯물, 진간장, 식초

이렇게 만들어요
1 끓는 소금물에 유부를 넣고 둥둥 떠오르면 건져내어 찬물에 씻는다. 유부의 물기를 닦은 후 가운데에 칼집을 내어 주머니 모양으로 입을 벌려놓는다.
2 물에 불린 당면, 삶은 숙주나물, 표고버섯의 물기를 꼬옥 짠 후 볶아서 다져놓고, 두부는 물기를 빼서 으갠 다음 여기에 생강즙과 후추를 약간 넣어 버무린다.
3 미나리 줄기를 끓는 소금물에 살짝 데치고, 무침용 미나리도 데쳐놓는다.
4 준비해놓은 유부 주머니에 2의 속을 담는다. 이때 잣을 함께 넣으면 톡톡 씹히는 맛이 고소하다.
5 유부 주머니를 미나리 줄기로 묶고 설탕과 진간장을 넣은 표고다싯물에 알맞게 조려낸다.
6 데친 미나리를 먹기 좋은 크기로 썰어 소금, 참기름, 참깨를 넣고 무친 다음 그릇에 담아 다진 잣가루를 뿌리고 유부조림과 함께 낸다. 기호에 따라 초간장을 찍어 먹어도 좋다.

tip 미나리는 음식과 함께 흡수된 중금속을 몸 밖으로 내보내 혈액을 정화하는 해독 식품이다. 굵기가 일정하고 잎이 깨끗한 것이 좋다. 생으로 먹으려면 물에 30분 정도 담가 잎과 줄기에 묻은 잔여물을 깨끗이 씻어낸 후 사용한다. 신문지에 싸 비닐봉지에 넣은 후 냉장 보관하거나 살짝 데쳐서 수분을 머금은 채로 냉동 보관한다.

봄

미나리

고사리

섬진강 새벽에 고개 드는 고사리의 정한 마음

도 림 스 님 과 떠 난 고 사 리 여 행

사진작가 최 선생이 주섬주섬 옷을 입는다. 슬쩍 휴대폰을 들어보니 새벽이다. 나는 밤새 고속도로를 달려 깊은 밤에야 겨우 하동의 숙소에 닿은 참이었다. 그 핑계로 모르쇠, 하고 그이의 나가는 뒷모습을 본다. 최 선생은 일찍 도착해서 조금 일찍 잠이 들었던 것이다. 덜컹, 낡은 한옥의 문을 열고 나가는 그의 모습 옆으로 지리산의 묵직한 새벽 공기가 스며든다. 설핏 잠 속으로 들어가는가 싶었는데, 최 선생이 나를 붙들고 섬진강 물로 들어간다. 물이 어찌나 차던지 온몸이 얼어붙는다. 그 한기에 놀라 깨었다.

"고사리가 다 솟았겠네. 새벽에 따야 좋은 고사리를 만날 터인데."

아침 해보다 먼저 솟는 고사리

게으른 잠을 털고 고사리, 아니 쌍계사로 우선 도림 스님을 만나러 간다.

'화개장터에서 쌍계사까지는 시오 리가 좋은 길이라 해도 굽이굽이 벌어진 물과 돌과 장려한 풍경은 언제 보아도 길 멀미를 내지 않게 하

였다.'

김동리가 단편소설 〈역마〉에서 묘사한 대로 물과 돌과 사람과 그리고 꽃이었다. 이 글을 쓰는 시점에는 이미 흔적도 없이 저 물길 계곡으로 다 저버렸을 벚꽃이었다. 그 꽃들이 차 허리에 닿을 듯, 벚나무는 가지를 벋어 달리는 차들과 손뼉을 마주친다. 라디오만 틀면 버스커버스커의 〈벚꽃 엔딩〉이다. 매년 거듭해 들어도 묘하게 좋은 노래다.

차는 이내 쌍계사에 닿는다. 도림 스님이 이미 도착해 있다. 혜능의 머리뼈가 묻혀 있다는 절이다. 쌍계사 구경은 미루고 일행을 실은 차는 가파른 농로를 달린다. 새벽에 고사리를 찍느라 일찍 나섰던 최 선생이 카메라를 들고 반긴다. 그의 수염이 어린 고사리의 솜털처럼 하얗게 변했다. 고사리밭을 관리하는 '하동촌'의 정보석 사장이 트럭을 끌고 앞선다. 듣기로 고사리밭을 간다고 하는데, 둘러봐도 도대체 밭이 있을 곳이 없는 급경사지다. 기어이 취재팀을 실은 차가 물기 있는 흙길을 이기지 못하고 바퀴를 헛돌린다. 겨우 올라 내려 본다.

저 발밑으로 기운찬 흐름이 있다. 섬진강이 멀리 흐르고, 물안개가 뽀얗게 피어올랐다. 아직 아침나절이라 산은 축축한 기운을 품고 있다. 도림 스님은 마치 당신의 앞마당에 들어선 듯 걸음이 경쾌하다. 역시 스님들은 산에 들어야 기운이 솟는가. 군데군데 어린 쑥이 말갛게 얼굴을 내밀고 있고, 늦은 냉이도 엉켜 있다. 천천히 내려갈 시간이 있다면야 한 바구니 캐고 싶다. 경사 길을 오르느라 허리가 뻐근하다.

"아이구, 이 정도 경사가 뭐 험하다고."

어지간한 솜씨가 아니시다. 벌써 뭘 손에 들고 계신데, 고사리다. 이

것 보라고, 저기도 고사리네. 예뻐라. 그러니까, 여기가 고사리밭?

"네 맞슴다. 고사리밭이라꼬, 뭐 평평한 밭 생각하시는데, 그기 아이고요, 이렇게 경사진 산이 고사리밭임다."

서글서글하고 유머감각도 있는 정 사장의 말이다. 도림 스님은 진즉 그런 줄 알았다는 듯 고개만 끄덕이신다. 이런 데가 진짜 고사리 자라기 좋은 땅일세. 해가 잘 들고, 큰 나무가 없어 그늘도 옅다.

포슬포슬 데쳐 살살 결대로 찢어지는 야들한 맛

멀리 지리산 형제봉이 보이는 급경사 산이 고사리밭이 된 건 사유가 있다. 본디 하동은 밤이 유명하다. 하동은 물에는 김이고, 산은 밤이란 말이 있다. 하동 땅은 날물과 들물이 만나는 특성이 있어서 원래 김이 유명했다고 한다. 다 과거의 명성이다. 밤은 여전히 인기와 물량을 이어가고 있는데, 예전만 못하다. 그 이유가 가슴 아프다.

"밤은 벌레가 잘 먹는데, 소비자들이 그런 건 싫어하니 농약을 막 칠수도 없고, 점차 덜 짓게 되는 게지요. 여기 밤이 작고 단단한 토종인데, 그런 이유로 생산하기가 쉬운 일이 아닙니다."

섭섭한 일이다. 달고 맛 좋은 밤에 벌레가 드는 건 자연의 이치다. 하여튼 그런 전차로 정 사장도 밤나무를 베어내고 고사리를 '기른'다. 기른다고 하지만, 어디까지나 신경을 쓰고 거둔다는 의미일 뿐, 따로 그가 하는 일은 없어 보였다. 약도 안 치고, 씨를 뿌리는 것도 아니다. 딱 하나, 봄에 좋은 날을 골라 새 고사리를 따는 것이다. 부지런히 따되, 딱

봄

고사리

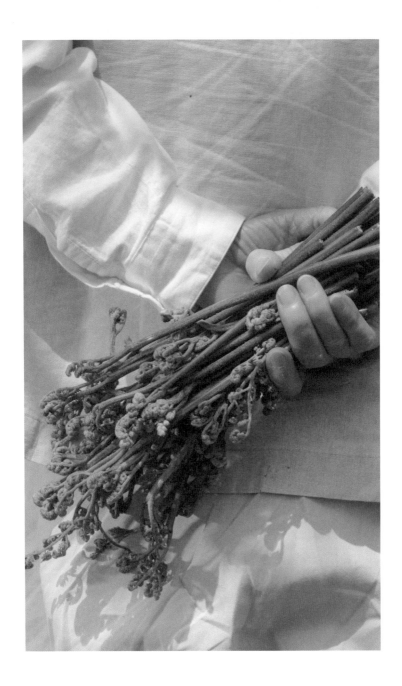

그만큼이다. 고사리도 밭에서는 이모작도 하고 효율을 높일 수 있는데, 이 산중에서는 이 봄 그만큼만 한다.

"고사리는 나무가 울창하면 잘 안 됩니다. 나무를 잘라내니 금세 팍, 퍼져가 이렇게 밭이 되었습니다."

고사리는 하동과 이웃인 남해, 그리고 제주가 우리나라 주산지다. 들과 산에서 저 혼자 자라는 고사리가 시장에 나올 확률은 아주 적다. 기르는 방법이 무엇이든 사람이 '의도'하고 수확하는 것이 대부분이다. 이제, 우리가 상상하듯이, 아낙들이 봄 들판과 산비탈에서 고사리 캐는 일은 더 이상 꿈같은 일이다. 예전에 이탈리아에서 요리 공부할 때 재미있는 일이 있었다. 봄이 되면 로마의 교민들이 교외로 고사리를 캐러 갔다. 이탈리아 사람들은 고사리를 먹지 않는다. 않는다기보다, 먹을 줄을 모르는 것이다. 말려서 포슬포슬하게 데친 고사리 맛을 보면 아마도 유럽에서도 고사리가 인기 있을 것 같다. 인종과 상관없이 맛있는 건 맛있게 마련이니까. 살살 결대로 찢어지며, 야들한 고사리 맛을 모르는 이들은 불행하다고 해도 좋으리라.

고사리를 캔다고 했지만 실은 틀린 말이다. 도림 스님이 시범을 보인다. 고사리 대궁을 잡고 아래에서 위로 훑어 올라가면서 살짝 힘을 주면, 딱 적당하게 꺾이는 지점이 있다. 해보니 과연, 맞다. 도림 스님은, 이런 말씀이 누가 안 된다면, 우리 누이같이 칭찬을 잘하신다. 어이, 잘하시네, 맞아, 맞아. 정 사장도 고개를 끄덕인다.

"예전에 고사리 많이 꺾었어요. 절집에 옛날에 뭐 먹을 거 있어요? 고사리가 참 고맙지. 하루 종일 나가서 스님들과 고사리를 꺾어요, 그걸 말려야 1년 찬이 나오니까."

다들 고사리를 꺾는다. 고개 숙여 겸손하게, 인사하듯, 땅에 허리를 굽히고 냄새 맡으며 고사리를 얻는다. 어린 싹을 일찍이 내어준 고사리 가족에게 감사의 마음도 고개 숙여 전한다. 이것이 만물의 진리, 섭생이 땅에서 시작하는 빳빳한 원칙이다. 도림 스님의 모자 옆으로 슬쩍 땀이 비친다. 어느새 흐린 하늘 옆으로 해가 솟아 지리산 자락이 장엄해진다. 섬진강 물이 해를 받아 천진하게 반짝거린다. 내 마음도 저렇게 무구해지려나.

백이숙제가 꺾어 먹으며 욕망을 비우다

고사리는 예부터 절집의 부엌 친구다. 백이숙제가 고사리를 꺾어 먹고 살았듯이, 청정하며 욕망을 비우는 기운이 있기 때문일 것이다. 고사리는 궐채라고도 부르며, 성질이 차고 활(滑, 부드럽다는 뜻)하다고 한다. 공부하고 도 닦는 이들의 찬으로 딱 맞는 성격인 것이다. 고사리는 4월 중순에서 5월 중순까지가 수확 적기다. 고사리손이라는 말이 있는데, 아기 손처럼 옹주먹을 쥔 듯한 상태가 야들야들하고 부드러운 맛을 보인다.

고사리는 번식력이 아주 강하다. 그늘이 없으면 금세 대지를 차지한다. 고생대에 지구에 등장하여 지금까지 살아남았다. 아침에 본 싹이 점심에 가면 웃자라서 좋은 고사리가 못 된다는 말도 있다. 그래서 새벽에 고사리를 꺾는다. 고사리는 옹주먹처럼 갓 올라온 상태가 지나

봄

(고사리)

면 세 갈래로 나뉘는데, 이때는 이미 상품가치가 많이 떨어질 때다. 맛도 없고 질기다.

"뼈세지기 전에 따야 좋은 고사리가 돼요. 곧바로 쪄서 말린 후 상품화합니다."

정 사장의 모친과 아내가 고사리 수확을 전담한다. 거둬들여 찌고 말리는 것도 그들의 몫이다. 고사리는 꺾은 후 곧바로 삶아야 부드럽고 맛있다. 삶는 이유는 은근한 독이 있기 때문이다. 생것일 때 비타민 B_1을 파괴하는 효소가 있어서 반드시 삶아야 빠진다. 너무 삶으면 물러져서 못쓴다. 단순해 보이는 고사리나물 한 접시에도 이렇듯 다채롭고 공교로운 비밀이 숨어 있다. 물론 그렇게 삶은 고사리를 맛있게 만드는 건 요리사와 공양주들의 몫이다.

사찰음식에서 고사리는 아주 소중하다. 말려서 쓸 수 있기 때문에 사철 재료다. 나물과 전, 탕에 고루 넣을 수 있다. 도림 스님은 갓 수확한 고사리를 데쳐서 구수한 요리를 만들고 있다. 대궁부터 삶아야 균형이 맞고 맛있다는 말씀이 기억에 남는다. 본디 공양이란 건 어쩔 수 없이 지구에 짐을 지우는 일이다. 그러니 기왕지사 맛있게 먹고 그 기쁨이 충만하여 순환되도록 하는 게 옳은 일일 터. 도림 스님이 요리를 하기 위해 보따리를 여는데, 소박한 양념들이 담겨 있다.

특히 간장이 감칠맛이 돈다. 오랜만에 맛보는 진짜 간장이다. 수수하고 단출하며, 검박한 구성이 사찰음식인데, 그것을 밑에서 받쳐주는 건 역시 장이다. 육것 없이 맛을 내는 데 장처럼 고마운 존재가 없다. 감칠맛이란 맛의 기둥. 쓸 수 있는 재료가 극히 한정되어 있는 절집 음식의 기초를 닦아두는 건 역시 장일 수밖에 없다.

　그 맛 말고도 도림 스님이 쓰는 비결이 하나 더 있다. 채수다. 채소를 우린 물을 이른다. 육수가 아니라 채수라는 말만 들어도 우리 미각이 경건해지는 것 같다. 서양 요리에서는 워낙 고기 우린 물을 많이 밑바탕 맛으로 쓰므로, 채수에 대응하는 말이 자연스럽지 않다. 예를 들어 순수하게 채소로 만든 액체도 '채소 육수vegetable stock'라고 부른다. 스톡이란 말이 이미 육수란 뜻이니, 불립문자인 셈이다. 채수란 용어를 즐겨 쓰면 어떨까 싶다. 국립국어원의 사전에도 일단 이런 뜻의 채수는 올라 있지 않다.

　요리를 마쳤다. 정 사장이 기왕 시간이 되었으니 점심도 겸하라고 김치며 나물 등속을 내온다. 늙은 나무가 있는 마을 평상에 앉아 공양을 나누었다. 감사한 마음만 충만해진다. 백구 강아지가 하릴없이 내 손등을 핥는다. 이 평화.

　정보석 사장의 배웅을 받으며 일행이 일어섰다. 1주일 전에 식구로 들였다는 백구 진돗개 새끼 형제가 멀뚱히 본다. 나무와 들과 고사리와 우리 마음과 쌍계사 십 리 벚꽃길과 저 개에도 불성의 나무관세음보살.

봄

고사리

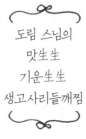

도림 스님의
맛生生
기운生生
생고사리들깨찜

준비하세요

고사리 200g, 표고버섯 5개, 콩나물 100g, 채수 3컵, 들깻가루 1컵, 쌀가루 3큰술, 청·홍고추 1개씩, 집간장(조선간장) 2큰술, 참기름, 소금 약간

이렇게 만들어요

1 콩나물은 머리와 꼬리를 떼어내 씻어두고, 표고버섯과 청·홍고추는 먹기 좋게 썬다.
2 생고사리는 쌀뜨물에 소금을 넣고 15~20분 정도 삶아서 건져내고 한 번 더 삶아낸 다음 물에 담가서 아린 맛을 우려낸다.
3 생고사리를 체에 밭쳐 물기를 뺀 다음 팬에 참기름과 집간장을 두르고 생고사리를 넣어 볶는다.
4 3에 표고버섯을 넣고 볶다가 채수를 붓고 한소끔 끓인 다음 콩나물, 들깻가루, 쌀가루를 넣고 끓인다.
5 청·홍고추를 넣고 소금으로 간한다.

49

tip 고사리에는 이와 뼈를 튼튼하게 하는 성분이 들어 있으며, 이뇨작용을 한다. 4월에서 5월에 나는 생고사리는 두세 번 데쳐 쓴맛을 우려내고 요리하는 것이 좋다.

좋은 매를 알면서도, 먹어봐야 알게 되는 맛

고사리 좋다는 동네가 전국에 참 많은데, 하동 땅 고사리는 각별했다. 좀 쓰려고 정보석 사장에게 주문했는데 도착하지 않았다. 혹시 잊어버리셨나 해서 여쭈었더니, 좋은 걸 잘 삶아 보내려다보니 아직 맞춤한 상황이 아니었다고 한다. 내가 미안해진다. 고사리는 웃자란 것이 확실히 맛이 떨어진다. 줄기가 위로 세 개 벌어졌는지 확인하는 건 어렵지 않다. 본문에 쓴 것처럼 줄기가 분화되면 맛이 떨어진다. 연하고 야들하며 포슬하게 조직이 일어나는 것이 좋다. 삶아서 먹어봐야 알게 되니, 고르기가 쉽지 않다.

봄

고사리

국수

문득, 국수 한 그릇 하고 싶다

지 유 스 님 과 떠 난 국 수 여 행

내비게이터에 '쌍송국수'를 입력했더니 서울에서 겨우 120여 킬로미터다. 예산이 실거리로는 멀지 않다는 걸 기계가 알려주는데, 심리적인 거리는 만만치 않다. 충청도 하면 보통 교통 요지인 대전과 천안 축선을 먼저 떠올린다. 그 길에서 한참 비켜선 예산은 그래서 이른바 경제 발전과 도시화에서 멀어졌던 셈이다.

소나무 두 그루가 있는 언덕배기 위에 국숫집이 있다

예산은 인근의 서산, 홍성 등과 함께 '내포' 지방에 들어간다. 문화유산 답사를 오래 다니거나 지역학을 하시는 학자들은 내포야말로 가장 충청도다운 곳이라고들 한다. 느릿하면서도 날카롭고 배타적이면서도 부드러운, 이른바 충청도 정서가 바로 내포에 있다는 것이다. 그 내포의 핵심이라 할 예산은 아직도 '군郡'이고 시골다운 맛이 살아 있다. 그 마을로 차를 몰아간다. 역시 120여 킬로미터는 금방이다. 길이 좋아진 것이다. 실은 내 마음은 몹시 급했다. 자타 인정 국수 귀신인지라, 얼른 저 소문 속의 쌍송국수를 한 그릇 했으면 하는 마음에서였다.

소나무 두 그루가 있는 언덕배기에 있다고 하여 지명이 쌍송배기이고, 그 이름을 따서 쌍송국수다. 가게 건물을 보면 다들 깜짝 놀란다는 말이 맞다. 일제시대 적산敵産 가옥 그대로다. 실제로 적산은 아니라고 한다. 해방 후에 지었는데, 그때의 건축 방법이 아마도 일제식이었을 것이다.

"아휴, 말도 마세요. 이게 그나마 고친 거예요. 원래 저 안쪽(숙성실)에 방이 있었어요. 이 양반들(어머니를 비롯한 어른들)이 얼마나 고집이 세신지 뭘 바꾸는 걸 안 하세요. 하나씩 설득해가며 바꾼 게 그나마 이렇게 시설다워진 거예요."

김민균 사장의 말이다. 그래도 변하지 않은 게 더 많다. 바람이 살랑살랑 부는 이층의 건조실도 그대로고, 국수기계도 거의 그대로다.

"이층은 보시다시피 벽이 휑하니 뚫려 있어요. 바람 잘 통하라고. 아버지가 해방 후에 지으셨다고 해요."

아버지 김성산 씨는 5년 전에 작고했다. 살아 계신다면 올해 67세. 너무 일찍 가셨다. 그리하여 어린 아들 김민균이 얼떨결에 국수기계를 잡게 됐다.

"아이고, 말도 마세요. 전 국수 싫어했어요. 저기다 인생을 바친다고는 절대 생각 안 했죠(웃음)."

그는 서울에서 대학 나와 직장을 다니고 있었다. 아버지가 쓰러지고, 그는 대를 이어야 할 팔자가 되었다. 물려받은 낡은 국수틀 한 대로 말이다

좋은 국수는 비볐을 때 빛난다

지유 스님은 예산의 이 노포 국수가게가 마음에 드시는가보다. 아래 위 층을 오가고, 국숫발을 유심히 보신다.

"승소라고 하잖아요. 정말 국수들 좋아하시죠. 저도 좋아해요. 특히 나 수련하는 어린 스님 시절에는 다들 국수라면 깜빡 죽지요(웃음). 발 우공양이 좀 엄격합니까? 국수가 나오는 날은 뭔가 격식을 덜 차리는 날이지요."

큰 사찰에서 1주일에 두 번쯤 특식으로 나오는 국수는 단조로운 수 도 생활에 방점을 한 번씩 찍어주는 음식이다.

"울력 같은 일을 마치고 나오는 경우가 많았어요. 국수 기다리는 재 미로 힘든 울력도 거뜬히들 하곤 했지요."

스님이 오늘 준비한 음식은 버섯비빔국수. 쌍송국수의 잘 마른 국수 로 썩썩 시원시원하면서도 꼼꼼한 요리가 이어진다.

"버섯과 다시마로 채수를 내고 물국수를 만들어내는 걸 보통 스님 들이 좋아하시죠. 오늘은 비빔국수예요. 제 경험으로 좋은 국수는 비 볐을 때 가치가 빛나기도 합니다."

이 말을 들은 김 사장이 고개를 끄덕인다.

"국수라는 건 결국 잘 뽑고 잘 말리고, 그걸 다시 물에 넣어 끓이는 것이거든요. 그래서 수분이 아주 중요한데, 비빔국수는 삶아서 차갑게 행궈내니까 탄력이 잘 유지됩니다. 국수의 질을 더 잘 느낄 수 있어요."

요즘 국수의 대세는 소면이다. 굵기를 기준으로 가는 국수를 뜻할 때 그 소면을 말한다. 실처럼 가늘다(素)고 하여 소면이기도 하다. 사람

53

봄

국수

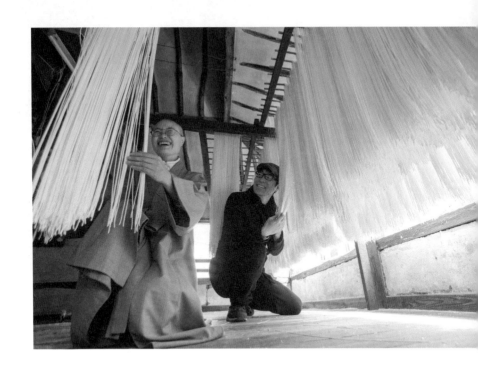

국수는 태양과 바람이 만든다.
습도와 온도, 바람의 무게,
이런 복잡한 조건을 감으로 판단해서
말리고 숙성하는 장인의 감각이 필요하다.

들의 혀의 감각이 가는 면에 매력을 느끼는 시대가 되면서 중면中麵은 점점 사라져갔다. 요즘은 가게에서 중면을 사고 싶어도 물건이 없다.

"저희 집은 그냥 국수라고 하면 중면이에요. 예산이 입맛을 잘 안 바꾸는 동네인가봐요."

이 집은 대면, 중면, 소면을 다 생산하지만 팔 할이 중면으로 나간다. 중면은 굵기가 적당하고 혀에 닿는 물리적 촉감이 넉넉하면서 매끈한 국수의 매력도 가지고 있는 중용의 면이다.

"저희 국수는 전국의 사찰에서 주문이 많습니다. 의식용(제사)으로 국수가 절에서 안 빠지잖아요. 물론 중면이지요."

제사는 본디 과거의 본을 따르는 것이니, 옛날식의 중면을 쓰는 게 맞다 싶다. 얼른 국수를 한 그릇 하고 싶다. 스님이 국수를 비벼낸다. 물을 넉넉히 잡아 센 불에 끓이되 중간에 찬물을 세 번쯤 나누어 조금씩 더 붓는다. 국수 속까지 다 익으면서 탄력을 유지하는 비법 아닌 비법이다. 김민균 사장도 그 방법이 최고라고 인정한다.

20킬로그램 밀가루 한 포대에 소금물 네 바가지 반

요즘 이 집 국수는 대목이다. 계절적인 요인이 아니라 경기 탓이다. 경기가 나쁘면 대중들이 국수를 많이 먹는다고 한다. 쓸쓸해지는 마음이다.

"IMF(국제통화기금 사태. 1997~1998년)때 참 많이 팔았다고 해요. 돈이 없으니 국수로 끼니를 때우는 거죠. 그래서 저희는 국수가 많이 나가도 좋아하질 않아요. 반가울 리 없죠."

아닌 게 아니라 쌍송국수는 많이 팔고 싶어도 한계가 있다. 국수기계가 달랑 한 대뿐이다. 시설을 더 늘리고 싶어도 어른들이 아직은 아니라고 만류한다. 그것은 품질에 관련된 중요한 결정이기도 하다.

"많이 뽑는다고 다가 아니에요. 말리는 게 중요한데, 지금 저희가 수용할 수 있는 공간이 없어요."

가게 앞 건조실과 이층이 태양과 바람을 맞으며 국수가 마를 수 있는 땅의 전부다. 어떻게 보면, 70년 역사의 국숫집에서 이렇게 변화 없이, 시쳇말로 '주변머리 없이' 사업을 해올 수 있었을까 답답할 정도다.

"그러니까요. 아버지 생전에 그랬고, 어머니가 이렇게 일을 하시니 뭘 바꾸지를 못해요. 하하."

국수는 태양과 바람이 중요하다고 했는데, 그 이치는 참 오묘하다.

봄

국수

습도와 온도, 바람의 무게, 이런 복잡한 조건을 감으로 판단해서 말리고 숙성하고 내다 판다. 설명하기 어려운 일종의 장인의 감각이다. 선친 김성산 씨와 그의 누이는 〈중앙일보〉와의 인터뷰에서 이렇게 말한 적이 있다.

"반죽은 별것 없슈. 20킬로그램 밀가루 한 포대에 소금물 네 바가지 반. 습한 날은 소금을 더 하고, 건조한 날은 좀 덜 허고, 그것뿐이쥬. 면을 뽑아 햇볕에 말리는데, 면이 늘어지지 않게 또 휘지 않을 정도로 적당히 말려야지. 그리고 응달에 좀 재뒀다가 다음 날 아침에 다시 밖에다 말려야 해. 원래 국수는 끓는 물에 팔팔 끓여 먹잖여. 그러니까 국수가 속까지 제대로 말라야 먹을 때 부들부들하면서도 끈기가 있어."

쌍송국수는 몇 번의 위기가 있었다. 공장에서 만들어 볼 때서 말린 대량 생산 국수가 시장을 장악했던 것이다. 더 싼 밀가루로 더 빨리 만들어내는데다가 유통망도 치고 들어가니 손으로 만드는 국수의 여지가 없어졌다. 뭐든 품질보다 효율이 지배하던 속도 우선의 시대였다.

"그것뿐이 아니에요. 하나 중요한 이유가 더 있었어요."

무슨 이유일까? 김 사장이 말을 잇는다.

"예식장 때문입니다. 저희 국수를 그때 예식장에서 많이 사다 썼어요. 일반 식당에서 피로연을 해도 국수를 삶아 대접했고요. 그런데 1980년대 이후로 뷔페가 히트를 치면서 국수 발주가 딱 줄어들었어요."

결혼식에 빠지지 않던 국수가 경제 발전과 함께 뷔페식으로 대체되었다. 내리막길을 걷는 건 쌍송국수만은 아니었다. 명맥을 유지하던 수제 국수가게가 거의 문을 닫았다. 이제는 전국에 서너 집이 고작이다.

"그런데 다시 이렇게 인기가 되살아날 줄 누가 알았겠어요?"

클래식. 나는 이 말을 떠올렸다. 클래식이란 본디 살아남은 전통이다. 없어지면 전설일 뿐이다. 쌍송국수는 애환을 겪으며 살아남았다. 인간사의 흐름처럼, 본디 인간의 숙명처럼. 윤회의 마디에서 버텨내기.

지유 스님의 국수를 젓가락으로 감아올린다. 딱 넣을 것을 넣고 거칠고 자극적인 것은 빼낸, 순수의 맛. 그저 태양빛에 말리고 응달에서 바람 쐰 저 국수의 본령을 표현하는 맛. 감사하게 한 그릇을 비운다. 지유 스님이 물에 손 넣고 불 때며 요리를 하게 된 것은 당신의 건강에 관한 고려 때문이었다고 한다. 면역에 대한 오랜 고민이 스스로 음식을 만들도록 길을 열었다. 희고 단정한 국수에 슴슴한 양념을 얹어 비벼내니, 그것으로 스님의 공양 뜻을 새길 수 있을 것 같았다. 지금도 전국의 절에서 스님들을 웃게 만드는 이 단정하고 고운 음식을 다시 본다.

봄

지유 스님의
슴슴하고
단정한
버섯비빔국수

준비하세요

국수 한 줌, 생표고버섯 2개, 만가닥버섯 1/2팩, 팽이버섯 1/2팩, 어린잎 채소 한 줌

비빔장(고추장 2큰술, 고춧가루 1큰술, 간장 1큰술, 매실청 1큰술, 식초 1큰술, 후추 약간, 참기름 1작은술, 조청 1큰술, 통깨 1작은술)

이렇게 만들어요

1 각종 버섯을 끓는 물에 살짝 데친 후 물기를 뺀다.
2 양념 재료를 모두 섞어 비빔장을 만들고, 비빔장에 버섯을 재워놓는다.
3 면을 삶는다. 물이 끓어오를 때 찬물을 조금 넣는 것을 세 번쯤 반복하며 삶아낸다. 삶은 면은 찬물에 헹구어 물기를 뺀다.
4 물기 뺀 면에 재워놓은 버섯과 나머지 양념을 넣어 고루 무친다. 어린잎 채소를 얹어 낸다.

tip 버섯에는 항암, 항바이러스, 콜레스테롤 조절, 면역조절 능력 강화 등 여러 효능이 있다. 맛과 건강을 동시에 챙길 수 있는 영양식품이다.

예전에는 쌍송국수 같은 국수공장이 동네마다 몇 개씩 있었다. 쌀값이 싸지면서 국수의 시대가 저물어갔다. 요즘 다시 이런 수제 국수가 인기 있다. 구룡포를 비롯하여 전국에 몇 되지 않는다. 확실히 맛이 좋다. 국수가 차지고도 씹히는 맛이 뛰어나다. 예산 쌍송국수는 전화로 주문이 가능하다(041-335-7533).

봄

국수

명이

아아, 저 들과 산에 봄에 나는 풋것들

우 관 스 님 과 떠 난 명 이 여 행

이 여행의 시작은 우관 스님과 함께 했다. 순정한 두부를 찾으러 강원도 강릉으로 갔다. 김이 피어오르는 갓 만든 두부 한 점에서 이 이야기가 시작되었다. 흔들리는 승합차 안에 다시 스님을 모셨다. "오랜만입니다(합장). 또 강원도입니다, 스님." 포만의 두부를 스님과 나누었는데, 오늘은 뜻밖에도 완벽한 비움으로 시작한다.

가리왕산 골짜기 그득한 풋것들

"단식은 법이 있어요. 길이 있는 것이지요. 무작정 하는 게 아니라. 하루만 단식해도 몸이 가벼워집니다, 이런 얘기는 많이 들으셨죠(스님은 '~죠?' 하는 말투를 잘 쓰는데, 이것으로 대중을 끌어들이는 힘이 느껴진다)? 그게 전부가 아니여(이건 사투리다). 아무것도 안 먹는 공포에 대한 나의 실험인 거라."

나는 단식에서 공포를 떠올린다. 허기에 대해 무너지는 마음이 가엾고, 참아내지 못하는 자신에 대한 불만, 그리고 공황에 가까운 공포. 하

봄

명이

63

루 이틀 안 먹는다고 안 죽는 줄 잘 안다. 그러나 우리의 뇌는 우리의 마음을 속인다. 안 먹으면 죽는다, 너.

"그게 기도 없는 단식, 무모한 단식의 악폐랄까, 그런 거야. 좋은 소금과 물, 그리고 기도. 이게 없는 단식은 평면적이고 이기적이라고 생각해요."

스님, 단식이 우리 주제는 아니에요, 하하. 승합차 안에서 다 웃었다. 비워서 얻는 것. 그것이 어디 단식뿐이랴. 사람들은 이 사바에서 비우지 못해 결국 죄짓고, 상처입는다. 비우는 것에 대한 화두 하나를 얻는다.

차는 좋은 길을 달린다. 더러 막히곤 하는데, 올림픽이 평창에서 열리긴 하나보다. 굽고 거친 부분을 펴고 마른다. 가슴이 답답해지기도 하는데, 그건 우리의 행선지가 가리왕산이기 때문인 것 같다. 평창올림픽의 스키 슬로프가 생긴다는 영산靈山. 그 골을 까고 헐었다고 한다. 원상복구를 한다고 해도 그 영혼을 어찌 복구할지.

이내 목적지에 닿는다. 구불구불한 길을 오르는 승합차가 힘겹다. 청아한 대기 사이로 봄기운이 스며든다. 정해수 사장이 맞는다. 우관 스님의 오랜 인연의 땅이다. 이 가리왕산 골짜기에서 스님은 늘 얻어가는 것이 있다.

"그냥 채소, 나물이 아니라 어떤 정수 같은 거예요. 골수, 정수. 여기에 있어. 자, 봐요, 어디 밭이 있나."

과연 둘러보니 밭이 없다. 없는데 어디서 수확을 하는가. 자세히 보니 비탈진 땅에 줄도 맞추지 않은 풋것들이 듬성듬성 보인다.

"요기 농사는 산에서 주는 대로 하는 것 같아. 싹 밀고 헐고 그런 게 없으니."

정해수 사장이 일구는 사업체랄까, 아니 농장의 이름은 '아루농장'이다. 부친이 이미 가리왕산농원이라는 이름으로 나물을 기르고 삶을 이으셨는데, 따로 이름 하나를 더 지었다. 아루는 귀여운 아들딸의 이름 한 글자씩을 딴 명명이다. 아이들이, 사람 타지 않고 수더분하며 귀엽기 그지없다. 고목에 정 사장이 매어놓은 그네를 타며 신이 났다. 강아지 한 마리도 마당을 돌아다닌다.

"우리 가족은 평창서 살고, 여긴 부모님이 상주하세요. 아이들 교육 문제도 있고 해서. 우린 출퇴근 농부지요(웃음)."

배꼼 내민 작은 싹, 이 아니 이쁜가

작물을 보기도 전에 밥상을 받았다. 능개승마, 곰취, 명이로 이루어진, 된장찌개 하나 올라간 시골 밥상. 멀리서 객이 왔다고 좋은 고등어를 한 마리 조린 게 전부였다. 밥상은 삼삼했고, 된장도 심지어 염기가 적었다. 나물은 아직 이른 철인데, 일부러 여러 가지를 따 올렸다. 스님에 대한 공양이다. 여담인데, 이 밥상머리에서 나는 엄청난 양의 나물을 먹었다. 그리고 그날 밤 가벼운 설사를 했다. 평소 내 몸의 상태를 그대로 보여주는 결과였다. 인스턴트, 야식, 과로, 음주, 고기……. 그렇게 익숙한 몸에 들어간 신선하고도 날것인 나물과 채소는 장을 공격했다. 몸이 받아내질 못했던 것이었다. 좋은 것을 먹고 탈이 나다니. 이건 일종의 역설이다. 내 내장이 보여준 경고다.

봄

명이

우리나라에 나는 초본식물은 대략 8천 종이라고 한다. 그중 식용하는 것이 4~5백 종 정도. 물론 지역에 따라 더 많은 초본이 나물로 음식이 되고 있을 것이다. 아니, 이제 그 나물의 숫자는 줄어들고 있다. 재배되는 것이라면 모를까, 캐거나 뜯고 갈무리할 사람이 없다. 우리가 시골 오일장에서 할머니들 좌판에 놓인 나물의 원산지며, 자연산 여부를 끊임없이 의문하는 것이 그것이다. "직접 따신 거예요?" 이런 말을 묻는 무례를 범한다. 땄든 아니 땄든, 묻기에는 쉬운 말이 아닐 터.

66

이 농장의 나물들은 제각기 다른 향과 맛으로 봄을 알린다. 능개승마는 너무도 예쁘게 생겼다. 참가죽나물 같기도 하고, 어찌 보면 단풍색이다. 여린 싹과 줄기를 먹는다. 지장가리! 지장보살처럼 산촌의 어려운 살림과 몸을 넉넉하게 해준다 하여 붙은 이름. 풀솜대라는 이름이 있지만, 지장가리, 이 아니 이쁜가. 아아, 저 들과 산에 봄에 나는 것들이 모두 지장가리가 아니고 무엇이겠는가. 지장보살을 떠올리게 한다.

우리가 방문한 4월 중순은 아직 지장가리가 이르다. 하긴 모든 나물이 아직 겨울이다. 작은 싹을 내민다. 그저 쑥이나 지천일 뿐.

"조금 지나야 먹을 수 있을 만큼 자랍니다. 도시에서야 봄이지만, 생물은 아직 이르거든요."

봄 바다는 겨울 바다보다 차다. 겨우내 차가워진 상태의 절정이 봄이기 때문이다. 겨울 바다는 가을 바다의 결과일 뿐이다. 산촌도 마찬가지다. 5월이 되어야 진짜 봄, 나물의 대합창이 시작된다. 정해수 사장이 일구는 것은 종류가 많지는 않다. 요즘은 오미자에 힘을 쏟고 있다. 오미자나무가 병풍처럼 늘어서 있다. 토질과 바람이 좋아서 일급 품질이다. 한 잔, 농축액을 받아 주시는데, 달고 진하다.

정 사장은 12년 전에 귀농했다. 회사를 쭉 다니다가 아버지도 이곳에서 이미 나물을 거두고 있었으니, 큰 결심을 했다. 생각보다 살림은 나쁘지 않은데, 힘들기는 하다고 웃는다. 왜 아니겠는가. 가리왕산의 큰 기운 속에서 사람의 여툼이 어찌 호락할 것인가.

명命을 이어준다고 하여, 명이

경사진 등성이는 모두 푸르게 보인다. 명이나물이다. 특산 채소다. 울릉도산이 있고, 오대산 쪽에서 자라는 종이 있는데, 두 가지가 이곳에서 모두 자란다. 기른다고 말하기도 좀 그런 것이 퇴비 말고는 농사답게 하는 게 없다. 거의 자연의 힘으로 기른다. 명이나물. 수많은 사람들의 명을 이어준다고 하여 붙은 이름이란다. 사실 나물에 구황 아닌 게 어디 있을까. 나물로 우리는 대를 이었고, 지금 우리가 여기 있다.

"명이는 아주 고급 나물이지. 요리를 못해도 맛있어(웃음). 장아찌도 좋고 무쳐도 좋고. 참가죽과 함께 참 좋은 나물입니다. 참가죽은 끓여놓으면 그 채수 국물이 아주 걸작이고."

우관 스님의 나물 체험론이다. 스님이 우거하는 경기도 이천의 작은 절은 근처가 온통 스님의 먹거리 공급지다. 취재를 마치고 돌아가서는, 마침 싹을 틔우는 개두릅을 따서 주셨다. 엄나무 싹을 개두릅이라고 부른다. 너무 맛있어서, 어떤 이가 남들 먹지 말라고 개두릅이라는 이름을 붙였다는 숨은 사연(?)이 있는 그 두릅이다.

봄

명이

"나물이 좋아야지.
잘 기른 것, 잘 자란 것.
마음이 있는 것을 찾아서 써야 해요."

"비가 오네. 이 비가 오면 산에 나물들은
다 제 근기대로 받아서 자랄 거야.
목마른 놈이 비를 더 많이 받을 거고."

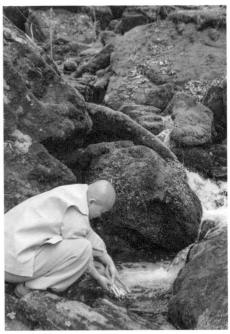

아루농장 근처에도 참두릅나무가 꽤 있다. 주인 없는 나무들이 철마다 싹을 틔운다. 아무도 그 싹을 따서 참두릅 맛을 보는 이 없다. 그야말로 오지다.

"명이는 쉬운 농사가 아닙니다. 특히 오대산종의 명이는 화학비료 같은 걸 주면 뿌리가 다 녹아버려요. 기를 수 없는 나물을 기르고 있는 셈이에요. 게다가 얼마나 땅심을 따지는지, 한 해 지어 먹으면 다음 해는 명이 씨를 못 뿌립니다. 자라질 않아요."

명이는 두 가지 종이 있다 했다. 울릉도종은 훨씬 잎이 크고 주름이 크게 있다. 반면 오대산종은 폭이 좁아 날렵하고 주름이 거의 없다. 매운맛도 후자가 강하다.

스님은 이 즈음 두 번째 사찰음식 책을 냈다. 이름하여 《보리일미》. 보리菩提. 참다운 마음과 깨달음, 우리가 평생을 바쳐 오르려는 깊은 산. 맛의 검박함과 겸허함, 부처님 마음으로 가는 음식의 진심을 얘기한다고 한다.

"이 책의 이름을 지어놓고 보니, 눈물이 나는 거야. 진짜 음식을 내가 하고 있었나, 중생구제라는 법도를 지키고 있었나 이런 마음이 한꺼번에 몰려와서……."

스님이 나물을 요리하기 시작한다. 좋은 나물 요리법. 귀가 쫑긋한다.

"데쳐서 집간장과 들기름, 통깨. 대개 이렇게만 해도 맛있어요. 나물이 좋아야지. 진짜 핵심이 되는 재료가 좋아야지. 기술이 다 무엇이야. 허명이야. 잘 기른 것, 잘 자란 것. 마음이 있는 것을 찾아서 써야 해요."

명이는 그대로 겉절이로 무쳐도 맛있고, 데쳐서 무치기도 하며, 무엇보다 장아찌로 제격이다. 줄기가 두껍고 힘이 있으며 너르니 장아찌로 해놓으면 먹을 게 있다. 게다가 향도 좋으니까.

"비가 오네. 이 비가 오면 산에 나물들은 다 제 근기대로 받아서 자랄 거야. 목마른 놈이 비를 더 많이 받을 거고."

목마른 놈. 우리는 지금 진정 목마른가? 스님 말씀이 알 듯 말 듯했다. 서울로 돌아오는 차창 밖으로 봄이 바삐 손을 흔들며 강원도 방향으로 지나갔다.

봄

명이

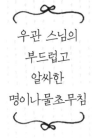

우관 스님의
부드럽고
알싸한
명이나물초무침

준비하세요

명이 300g, 굵은 소금 약간, 나물 양념(감식초 2큰술, 고추
장·유기농 설탕·매실청·참깨가루 1큰술씩, 생강즙 1작은술)

이렇게 만들어요

1 명이는 깨끗이 씻어서 끓는 물에 굵은 소금을 넣고 줄
기부터 잎 순으로 살짝 데친다.
2 데친 명이를 찬물에 헹구고 물기를 꼭 짠다.
3 명이를 4cm 길이로 먹기 좋게 썬다.
4 손질한 명이에 나물 양념을 넣고 골고루 무쳐 그릇에
담아 낸다.

73

tip 명이는 산마늘이라고도 하는데, 신기하게도 '알리신'이
란 성분이 명이와 마늘에 풍부하게 들어 있다. 알리신은 암세포
를 막아주고 소화를 돕는다. 또 미네랄과 비타민 함량이 높아 감
기, 눈 건강에 좋다

입맛 없을 때 명이장아찌 한 장!
명이는 장아찌를 담가서 냉장하면 아주 오래 버틴다. 향이 좋고, 조직이 쉬이 죽지 않
아서 씹는 맛이 있다. 나는 정해수 사장에게서 명이를 몇 킬로그램 샀다. 간장으로 장
아찌를 담가서 오래 두고 운영하는 식당에서 썼다. 고기의 누린내를 눌러주는 데 탁월
하다. 입맛 없을 때도 물론 좋다. 된장에 박아서 장아찌를 해도 좋겠다. 인터넷에 여러
레시피가 있다.

봄

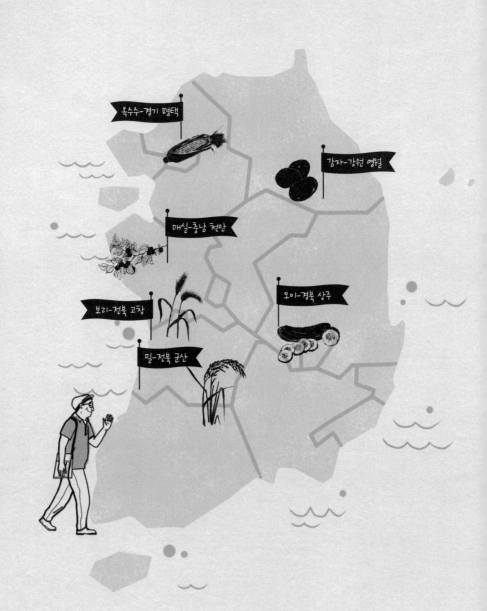

여름

아삭, 생오이 같은 초여름 밤, 누렇게 쓰러진 보리밭 지나
별똥별 주우러 감자밭으로 가던 어린 누이의 빰은 발그레한 홍매실빛이었던가.
풋풋했던 어린 것들이 쑥쑥 키를 올리는 여름은 여태 잊고 살았던 그리움을
옥수수 알갱이처럼 톡톡 터뜨린다.

보리

오이

감자

옥수수

밀

매실

보리

보리밭 사잇길로 걸어오는 그리움

선 재 스 님 과 떠 난 보 리 여 행

선재사찰음식문화연구원의 아침. 부엌일 돕는 보살께서 미숫가루 한 잔을 내민다. 칼칼한 보리 맛이 목에 닿는다. 찬 두어 가지, 정갈한 밥상이 차려져 있다. 스님 아침 공양인가. 그 밥상을 덮은 망이 고와서 눈길을 떼지 못하고 있는데, 스님 등장한다. "가시지요."

식구처럼 건넌방에 기대앉은 듬직한 보리쌀자루

고창으로 차를 모는 동안 잊힌 것들의 기억이, 그 밥상의 망으로부터 이어진다. 보리밥 한 그릇의 미덕, 잊고 살았다는 각성. 한여름, 꿀 같은 보리밥에 된장과 풋고추의 정서 말이다. 돌아가신 고모부 생각도 났다. 촌에서 힘써 농사지어 먹고살기 힘든 우리 집에 보리쌀 한 가마니를 보냈다. 그 보리쌀자루가, 오랫동안 우리 집 건넌방에 든든한 식구처럼 벽에 기대어 앉아 있었다. 그 자루에 몸을 기대면, 곡물이 주는 여유 있는 응원이 느껴졌다. 배곯지 않으리라는 희망 같은 거였다. 알알이 보리쌀의 감촉이 등에 닿던 촉감을 스님과 내려가는 차 안에서 내내 생각했다.

여름

(보리)

"사찰음식이 뭐예요?"

내게 물으시는 건가. 그러시더니 "무맛이요, 무맛" 하고 스스로 답한다. 맛을 내는 게 이상한 거지…… 혀를 차지는 않았지만, 스님 말씀 사이의 조용한 간격. 시속의 음식 문화에 대한 직설이다. 참된 미각을 잃어버린 세상. 나조차 그러하다. 매일 간사한 맛에 길들여지면 참맛을 모르는 게 당연한 일. 생각해보면, 오늘 악행을 하면 내일 더 큰 악행을 하듯, 음식과 맛도 몸이 길들여진다. 매일 고농도의 맛이 혀에 퍼부어지니, 순수한 맛을 달게 여길 수 없다. 그게 세상의 이치다.

"이미 우리 혀가 다 망가졌어요. 마음으로 먹지 않으니. 이 음식이 어디서 어떻게 온 것인가, 그 과정에 대해 무시하거나 무지하거나."

사람과 물건의 내력은 그리도 챙기면서 내 몸으로 들어오는 음식에 대한 무감각이 당대의 식문화가 가진 가장 큰 문제라는 말씀이다.

"몸에 좋고, 맛있고, 내가 좋아하는 것. 이 세 가지가 충족되어야 해요. 정말 그런가, 반문해봐야 해요. 음식이 내 앞에 놓이면."

맛있다는 것에 대한 복잡한 정의가 남아 있다. 무맛과 쾌감, 그 멀고도 먼 거리가 사찰음식이 메워야 할 공간인 듯도 하다. 이런 문제의 깊은 근원에 스님의 생각이 닿아 있다.

"그래서 어려서부터 맛을 배워야 합니다. 스님은 세 가지 장으로 요리를 해요. 그게 핵심이라고 생각해요. 자연스러운 맛, 자연의 맛, 자연으로 돌아가는 맛."

간장, 고추장, 된장을 이름이다. 스님의 활동 중에 가장 스스로 좋다 하시는 게 있다. 바로 학교 장독대 만들기 운동이다. 순간, 마음 한구석에 찔러 들어오는 스님의 말씀.

"최소한 장이라도 만들어야지요. 장도 모르면서 무슨 음식을 해요. 무엇을 먹어요. 아이들에게 말합니다. '너 아니? 음식이 생명인 거?'"

우리는 근본과 기본을 잊고 산다. 천연덕스럽게 그리 산다. 다들 그리 사니까, 바빠서, 그거 알아서 뭐하게? 음식에서도 다르지 않다. 그래서 스님의 생각이 학교에 닿았다. 학교는 근본을 배우는 마당, 거기에 장독대를 만들어야 한다고 믿는 이유다. 장을 만들고 익는 냄새를 아는 미각이 선한 미각이라는 것.

풋내 뒤에 오는 촉촉하고 고소한 맛

고창은 들이 넓고 기운이 기름지다. 호남의 곡창지대에 속하며, 산물이 풍부해서 음식 문화가 발달한 고장이기도 하다. 스님이 말씀하시길, 고창은 부자 고을인데 소금이 크게 영향을 주었다고 한다. 과거, 소금은 황금처럼 비싼 상품이었고, 고창에서 많이 생산되었다고 한다. 선운사는 백제의 검단 선사가 창건했다. 그는 가난한 양민과 유민, 도적들에게 소금 굽는 법을 가르쳐 잘살게 해주었고, 지금도 지역의 소금회사에서는 매년 소금이 산출되면 선운사에 보내는 전통이 이어진다. 이를 두고 은혜 갚는 소금, 즉 '보은염'이라고 부른다. 아, 얼마나 아름다운 이야기인가.

고창, 꽤 먼 땅이다. 지도를 보니 전라북도에서도 가장 남쪽에 있다. 우리가 찾아가는 보리밭으로 유명한 학원농장은 그 고창에서도 남쪽

여름

보리

에 있다. 보리가 패서 키가 자라고 바람에 흔들릴 때가 되면 축제가 열린다. 고창 청보리밭 축제라고 부른다. 올해는 4월 18일에 시작해서 5월 10일까지 열렸다. 본래 그 즈음에 가려 했던 일정인데, 늦추어졌다. 가서 보니, 늦게 와야 할 것이었다. 보리밭 사이로 난 길이 반들반들한 것을 보고 나는 알았다. 아, 사람이 참 많이도 왔었겠구나. 아닌 게 아니라, 아주 유명한 축제다. 보리가 내는 소리를 듣고 천천히 관조하기에 그 시기는 불가능할 것이었다.

"보리가 이 즈음에는 좀 쓰러집니다. 색깔도 누레지고요. 알곡이 익으면 당연한 일인데 보기에는 덜합니다. 지금 와서 보는 보리밭도 좋긴 합니다만, 아무래도 청보리밭 축제로 널리 알려져 있으니 손님들도 그때들 오십디다."

이 보리밭 농장은 우리 국민들 중에 기억하는 이가 많다. 바로 청백리의 표상이었던 진의종 전 국무총리가 관직에서 물러나 일군 밭이기 때문이다. 부인 이학 여사와 함께 1963년부터 이미 가꿔오다가 퇴직 후 아예 농부로 눌러앉았다. 1992년부터는 장남 진영호 선생에게 이어져 울울창창하게 줄기가 굵어진 농장이다. 그는 농부로, 신지식인으로 이 농장을 키워왔다. 이른바 경관농업이라고 하여, 농사지어 수확을 얻되, 그 현장이 보기 좋은 경치를 자아내는 가치를 함께 얻어내는 것을 말한다. 보리는 귀중한 음식이고, 또한 가슴이 확 뚫리는 멋진 경치가 되기도 한다. 바로 이 학원농장이 국내의 대표적 경관농업 현장이라고 한다.

보리밭에 들어서자 스님이 환하게 웃는다. 보리에 향이 나지 않아

81

여름

보리

요? 하신다. 향을 맡고 이삭을 쓰다듬는다. 필부의 코에서는 느껴지지 않는다. 그런 듯도 하고, 아닌 듯도 하고. 보리알을 훑어내어 씹어보니, 풋내의 뒤에 고소한 곡물의 맛이 촉촉하게 온다. 이 단맛이 인간을 살렸고, 이것으로 보시하는 이에게 덕이 있었다.

보리처럼 푸르고 풋풋했던 기억

"경전에 말씀이 있어요, 부서지지 않게 잘 씻어서 빻은 후 삭혀 먹어라. 몸에 좋다는 거죠. 이 청보리, 예전에 볶아 먹으면 참 맛있었는데."

청보리 풋바심을 말하신다. 보릿고개가 이어지고, 아직 덜 익은 보리에 달려들던 때가 있었다. 허기와 고통의 시기였을 텐데, 스님의 소녀 시절엔 그렇게 보리처럼 푸르고 풋풋했던 보리밭의 기억이 있다. 그 기억은 스님의 출가 사연으로 이어진다. 알려진 대로 스님은 가톨릭 신자였고, 아주 열렬했다고 한다. 어느 날《부모은중경》을 읽고 효도하기 위해 불문에 들었다는 전설 같은 이야기가 있다. 가슴 먹먹한 사연이 이어진다.

"제가 출가하고, 어머니가 저를 만나러 절에 오셨다가 크게 상심하였다고 해요. 제게 그때부터 존대하셨는데, '스님이 나를 보고도 못 본 척, 다른 손님에게 밥상을 내가는 모습을 보고 크게 울었습니다'고 하시는 겁니다. 마음이 너무도 쓰리고 아팠지요. 어머니 마음 아프게 해드리지 않으려고 애를 많이 썼어요."

어머니 손맛이 좋으셨는데, 조리법을 별로 전수받지 못했다고 한다.

보리알을 훑어내어 씹어보니,
풋내의 뒤에 고소한 곡물의 맛이
촉촉하게 온다. 이 단맛이 인간을 살렸다.

전화 걸어 여쭈어보면, 딸이 밥하느라 고생하는 걸 들킬까 저어했던 것이다.

"절에 동치미가 맛이 없었어요. 어머니께 맛있게 담그는 법을 여쭤보려고 하는데, 속상해하실까 해서 다른 방법을 썼어요. 엄마가 만드는 동치미 맛있어? 그거 담그는 거 어렵나? 이렇게 말이죠."

에둘러가는 그 마음이 고왔다. 스님은 보리의 효능으로 말씀을 옮겨간다.

"성인병이란 게 몸의 열이기도 하잖아요. 보리가 성인병에 좋다는 것도 그런 이치일 겁니다. 경전에도 있는 말씀인데, 겉보리를 갈아서 먹으면 당뇨병이 왜 걸리겠어요. 감기에도 좋고. 또 보리죽처럼 해독에 좋은 음식이 없어요. 열을 내려주고 나쁜 걸 배출하게 도와주니까요."

스님은 어려서 보리밥을 못 먹었다. 거친 음식을 잘 소화하지 못했기 때문이다. 심지어 나물 종류도 곤드레나물처럼 거친 것은 사양했다.

"그래서 사찰음식에 열중하게 된 것이지요. 내 몸을 고쳐보겠다, 이런 생각이 있었어요."

고창의 옛 이름이 모양현이다. 모牟가 바로 보리를 뜻한다. 즉 보릿고을이었다. 그만큼 보리가 잘 되는 땅이다. 끝도 없는 거대한 보리밭에 바람이 들어 일렁이니 장관이다. 겨우내 눈 밑에서 숨죽여 있다가 봄에 쑥쑥 자라 알곡을 맺는 보리가 장하다.

이 밭은 이모작을 한다. 진영호 사장은 보리를 베어내면 8월 초에 메밀을 심어 수익을 내고, 메밀꽃 축제도 연다. 가을이면 '팝콘을 뿌려놓은 것 같은' 장면을 볼 수 있다고 한다. 그 축제는 9월 중순부터 10월 상순까지 열린다.

스님이 보리밥을 짓는다. 기름 한 방울, 양념 하나 없이 호박이며 버섯을 볶고 딱 된장 한 가지만 넣어서 고명에 간을 하는데, 이게 진짜 별미다. 입에 착착 감기는 맛이라기보다 천천히 젖어드는 오묘한 맛이다. 보리밥의 청신하고 푸근한 맛과 합쳐지니 더욱 산뜻하고도 고요한 맛이 된다. 참기름도 뿌리지 않고 재료가 가진 맛에 순전히 기대어 비벼본다. 한 숟갈 뜬다. 이 맛이야.

멀리 보리밭이 바람에 흔들린다.

여름

보리

준비하세요

보리쌀 1컵, 쌀 1컵, 취나물 100g, 콩나물 100g, 상추 100g, 당근 1개, 새송이버섯 1개, 표고버섯 2개, 애호박 1/2개, 풋고추 2개, 홍고추 1개, 된장, 간장, 소금

이렇게 만들어요

1 미리 삶아놓은 보리와 불린 쌀을 섞어 보리밥을 짓는다.
2 취나물은 다듬어 데쳐 물기를 제거하고 콩나물도 익힌 다음 각각 간장을 넣고 무친다.
3 상추는 씻어 채 썰고, 당근은 채 썰어 팬에서 약간의 물과 함께 볶다가 소금 간을 한다.
4 애호박, 새송이버섯, 표고버섯, 풋고추, 홍고추는 깍둑썰기로 잘게 썰어 준비한다.
5 팬에서 약간의 물과 함께 표고버섯을 볶다가 애호박, 새송이버섯, 고추 순으로 넣어 볶는다.
6 잘 익은 채소에 된장을 넣고 고루 섞은 후 불을 끈다.
7 그릇에 보리밥을 푼 다음 취나물, 콩나물, 상추, 당근을 돌려 담고 채소된장볶음을 올려 낸다.

🥄 여름에는 미끈미끈한 음식을 먹어 열을 내리는 것이 좋은데, 대표적인 음식이 바로 보리다. 보리밥을 지어 비빔밥을 해먹거나 보리차를 상복하면 좋다. 몸이 냉한 경우에는 열을 내는 고추장이나 열무와 함께 비벼 먹는다.

거의 커피 맛!

이탈리아 사람들은 대개 커피 없이 못 산다. 에스프레소의 왕국이다. 위장 질환이나 기타 카페인을 피해야 하는 사람들은 커피 대신 '보리차'를 마신다. 보리를 커피처럼 까맣게 볶아 곱게 가루 내어 물에 타먹는 것이다. 어지간한 사람들은 커피와 구별을 못할 정도다. 나도 위염 증세로 커피를 끊자, 그 풍미를 잊기 어려웠다. 보리를 기름 없이 팬에 덖어서 곱게 다진 후 체에 내려두고 뜨거운 물에 타 마셨다. 거의 커피 맛!

여름

보리

오이

아삭, 생오이 같은 초여름 어느 날

혜 성 스 님 과 떠 난 오 이 여 행

상주는 초행이다. 언젠가 속리산 문장대에 올랐는데 속리산 일부가 상
주군에 속한다고 해서 잠깐 놀란 적이 있다. 상주는 깊은 산과 너른 들
이 같이 있으며, 농사짓기 좋은 땅으로 알려져 있다. 경상도라는 명칭을
작명할 때, 상(尙)이 바로 상주에서 왔다. 옛 상주 고을의 위세를 알 것 같
다. 여느 농촌 도시가 그렇듯 상주도 도시가 인구와 돈의 힘에서 벗어나
있다. 그것은 때로 한적함으로 드러난다.

오이 농사는 오×이=십, 십 년 늙는 일

취재팀과 잠시 헤어져 공검면에서 나는 이 상주의 특별한 여유를 맛보
았다. 글을 조금 쓰러 찻집을 찾았는데 도시에는 그토록 많은 찻집이
이 시골의 조용한 면소재지에는 흔적이 없다. 영업을 하는지 마는지 알
수 없는 다방을 겨우 하나 찾았다. 일흔은 되어 보이는 촌로(다방 사장
이라고 부르기도 뭣한) 할매가 맞는다. 인스턴트 냉커피를 한 잔 내고는,
"마실 나갔다 올 테니 드시고 가시든가 계시든가 알아서 하시라"고 하

여
름

오이

신다. 하긴 가게에 도둑이 들어도 훔쳐갈 게 없을 것 같다. 그야말로 낡은 사자표 성냥통도 없다. 그이가 두어 시간 후 돌아와서 말하기를, "국수 삶아드릴까요?"였다. 점심때이긴 했다. 한심한 나의 반문은 이랬다. "국수도 파시나요?" "그게 아이고…… 시장하신가 해서 한 그릇 대접할까……." 이게 상주에서 겪은 작은 환대였고, 감동의 마음이었다. 공검면의 이 찻집(이름도 기억나지 않는다)에서 나는 어딘가 보낼 작은 원고를 하나 썼다. 훔쳐갈 리 없는, 바스라질 것 같은 사물들에 둘러싸여. 국수 제공의 환대를 받으며. 이미 해가 높았다.

공검면 정윤수 선생 댁으로 들어섰다. 취재팀이 모두 다섯이었다. 대부대라면 대부대. 안주인이 환영하신다. 매년 오이를 거두어 절에 시주하시는 신심 깊은 불자시다. 시원한 차를 내고 수박을 자른다.

"부엌도 좀 쓰신다고 하는데, 안사람한테 허락을 안 받았거든요. 나중에 얘기했더니 '시님이 쓰신다는데 뭐 어때요' 합디다. 우리 안사람이 불자긴 불잡니다. 하하."

호인풍의 정윤수 선생이 밝게 맞는다. 한 해 오이 농사를 크게 짓는데, 그것도 머리 아픈 친환경이다.

"오이밭 가보셔야제. 오이가 참 힘듭니다. 대낮엔 진짜 힘들 낀데."

촬영을 해야 하니 밭으로 가자는 기자의 요청에 대꾸가 그랬다. 도마도는 '도'를 닦는 일이고, 오이는 오×이=십, 십 년 늙는 일이라는 말이 있다고 한다. 엽채류가 아니라, 꽃 피워 열매 따는 일은 다 그렇게 힘들다는 거다. 그것도 한창 일할 때 더위가 덮친다.

"농촌이 다 그렇지만 일손이 없어요. 외국인 일꾼을 사서 쓰는데, 이 일이 참 힘들어 그런가 한 달을 채우면 고마 사라집니다(웃음)."

　일행이 하우스에 들어서자 훅, 열기가 얼굴에 닿는다. 이내 땀이 쏟아진다. 잠깐의 촬영인데, 늘 붙어사시는 이분들의 노고야 뭐라 말할 수 있겠는가. 오이는 덩굴로 줄줄이 올라가는 성질이 있기 때문에 줄을 매달아 잘 건사해야 한다. 고랑마다 일렬로 예쁘게 오이 줄기가 사열하듯 늘어서 있다. 그 줄기에 꽃을 피운 오이가 열매를 맺는데, 순서대로 열리므로 수확 시기도 다 다르다. 이미 끝물이라 한 달 후에는 수확이 끝난다. 지금이 오이지 담글 막바지 철이다.

　"오이가 딴딴할 때 담가야 맛이 좋지요. 때 놓치면 못씁니다."

오이는 꽃 피운 반대쪽이 쓰다

오이도 종류가 워낙 많다. 가시가 돋는 가시오이는 좀 더 늦게 수확을 하는 편이고, 가장 많이 쓰이는 백다다기는 고랭지 재배를 많이 하는 편이다. 더위를 많이 타는 품종이다. 노지 재배는 상당히 드물다. 대전 이남에서 주로 노지 재배를 많이 한다.

　"오이지는 참 고마운 음식이에요. 여름에 찬으로 많이 내잖아요. 대중 스님들이 시원하고 짭짤하니 좋아들 하시고, 발우공양에 참 좋습니다. 한 쪽 남겨서 삭삭 닦아서 공양하기 아주 좋거든요(웃음)."

　혜성 스님의 말씀이다.

　"까시(가시)오이는 물이 많고, 다다기 종류는 조직이 치밀해서 아삭하고 그렇지요. 오이도 품종별로 나눠 쓰고 해야 좋습니다. 날로 먹자

여름

오이

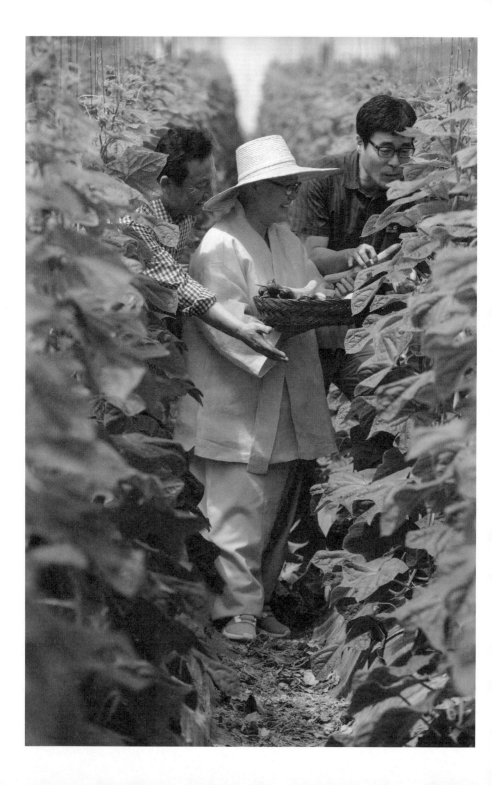

"오이밭 가보서야제. 오이가 참 힘듭니다.
대낮엔 진짜 힘들 껀데."

오이는 오×이＝십, 십 년 늙는
일이라는 말이 있다고 한다.
꽃 피워 열매 따는 일은 다 그렇게
힘들다는 거다.

면 뭐든 괜찮지요. 쓴 오이만 아니면."

오이는 원래 쓴맛이 조금 있는 게 정상이다. 꽃 피운 반대쪽이 원래 쓰다. 옛날에는 구내염의 약으로 썼다. 약은 원래 '쓰다'는 말이 그래서 있는 것일까.

고랑 사이에 작은 오이가 많이 '던져져' 있다. 쓰임새를 잃은 것이다. 아까운 마음이 든다. 이걸 모아서 한 단지의 오이지를 만들 것 같다. 굽어지고 휘어진, 못난이 오이다. 속도와 이쁜 것들의 전성시대에 못난 것들은 천대받는 것일까. 아쉬운 마음이다. 스님의 얼굴도 어둡다. 사라져 가는 것들에 대한 자상한 연민이신 것 같다.

"아쉽죠. 별수 없어요. 상품으로 받아주는 데가 없습니다. 가용으로 쓰는 것도 하루 이틀이지, 저걸 거둬서 쓸 방법이 없습니다. 이것이 지금 우리 농사의 문제이기도 합니다. 곧고 예쁜 것만 사고 팔리는 시대니까요."

오랜 세월을 오이로만 먹고산 농부의 말이니, 더욱 사무치다.

"옛날에는 솎아낸 것들도 다 쓰임새가 있었어요. 이제는 그 자리에서 썩어서 땅에 힘이나 보태면 다행입니다. 허허."

오이는 이제 겨울과 초봄 재배 작물이 되었다. 하우스 시설 재배하는 것이 여러모로 유리하다. 병충해도 적고, 바깥의 날씨에 덜 영향을 받으니 변수 없이 작업할 수 있다. '인건비'가 농사의 중요한 내용이 되었으니, 사람을 써서 밀도 있게 일해야 몇 푼의 돈을 만질 수 있다.

"한겨울 작업은 좀 적습니다. 출하량도 적고요. 봄이 되면 늘기 시작해서 값이 눅어지고 그렇습니다. 노지가 줄어드니 이제 오이 제철은 늦

봄에서 초여름입니다. 좀 빨라졌지요. 그렇다고 계절의 반대는 아닙니다. 한겨울에도 나오긴 하지만 비싸고 사람들도 덜 찾으니 아직은 철을 잃어버렸다 할 건 아니지요."

특이하게도 겨울 오이가 맛은 더 좋단다. 시설 재배를 하는 경우가 늘면서 그렇게 되었다. 여름에 오이가 수분을 많이 먹으면 맛이 흐려지는데, 겨울은 더 촘촘한 맛이 있기 때문이다. 참, 상식이 무너진다. 이제 우리가 농사에 대해 가진 상식은 달라져버린 것이다.

"오이 이파리가 오래 시들어 있으면 쓴맛이 많이 나요. 그러니 물을 많이 주게 되는데, 그러면 또 맛이 흐려지는 겁니다. 참 어렵지요."

오이지의 쫄깃하고도 아삭한 비밀

농부 정윤수 씨는 친환경 재배를 한다. 고단한 일이다. 집 앞에 거대한 짚더미가 있는데, 그것은 모두 오이밭에 깔아줄 것들이다. 원래 농사란 휴경을 해서 땅심을 돋우고 쉬게 해주는 것이 좋다고 한다. 우리 실정에 휴경은 쉬운 일이 아니고, 대개 연작을 하게 된다. 유기물을 충분히 보강해주는 것이 중요하다.

"오이가 땅의 영양을 많이 빨아갑니다. 달리 보면 오이에 영양이 많다는 뜻이겠지요. 오이가 쉬운 작물 같은데, 이게 보통 고되지 않아요."

올해 오이는 20퍼센트쯤 값이 떨어졌다. 농사가 잘 되면 값이 눅고 안 되면 값이 오르는데, 그것이 어떤 식으로든 농민의 이익으로 가지는 않는다. 참 신기한 일이다. 하우스 재배 오이는 10월에 심어서 가꾼

여름

다. 올해는 가을이 덥고 비가 많이 왔다. 그러니 날도 흐렸다. 11월에 활착이 잘 안 되어 수확이 줄었다. 물량이 줄었는데 값은 오르지 않았다. 참 이상하다.

"요즘은 육묘한 걸 사다가 옮겨 심습니다. 씨를 뿌려서 모종을 관리하는 게 손이 너무 가서 농업도 분업이 되고 있어요."

혜성 스님이 오이꽃에서 벌레를 발견한다. 정윤수 씨의 얼굴이 어두워진다. 농약을 안 치고 계피 같은 향이 강한 한약재를 풀어 방제하고, 소주 만드는 순도 높은 식용 알코올을 사서 한약재를 우린 후 살포한다. 그것도 모자라 일일이 벌레를 잡고 애를 써서 기르는 오이다. 그래도 다 막을 수는 없는 일, 벌레는 힘이 세다.

"친환경이라고 돈을 더 받는 것도 아닙니다. 그게 문제지요. 애를 써도 노동의 값이 그대로 돌아오는 게 아니니."

정윤수 씨도 농약을 치는 관행농업을 했었다. 오이 시설 안은 아주 건조한데, 농약이 말라붙었다가 바스락, 먼지가 터지면서 작업자의 호흡기와 입으로 들어온다. 그때는 몰라도 나중에 입이 헌다. 정량대로 써도 농약은 독하긴 독하다. 그런 경험을 하면서 정윤수 씨는 친환경 농법으로 깊게 들어선다.

"오이는 물을 좋아하지도 싫어하지도 않아요. 흔히 오이가 물이 많으니까 물을 좋아할 것 같은데 그렇지도 않은 겁니다. 까다로운 작물이지요."

그렇게 힘겹게 기른 오이가 여름이면 김천 절의 공양물로 올라간다. 정윤수 씨 부부의 신심이다. 혜성 스님이 오이지를 준비한다. 오이지란 시간이 필요한 음식이니 곧바로 만들 수는 없는 일이다. 하여 절에서 이미 준비를 해오셨다. 오늘은 무치는 일을 하게 된다. 오이지는 시간과 어울림의 음식이다. 소금과 물이 오이에 닿고, 속으로 들어가는 데 시간이 걸린다. 오이가 그 소금을 받을 수 있는 건 시간의 힘이다. 삼투압이라는 과학성 이전의 우주의 집에서 일어나는 일상이다. 그렇게 오이는 수분을 내어주고 '쫄깃하고도 아삭'해진다. 상식에 반하는 이 기묘한 결론. 그것이 요리라는 행위이고, 공양의 여러 갈래 중의 하나다.

"그 맛을 내는 게 음식이고 공양의 기본이지요."

울력 뒤의 시원한 오이지 물말이 밥 한 그릇을 비우셨을 스님들의 마음은 얼마나 흔쾌했을까. 음식이 가진 덕성을 느끼는 일이 섭생이라면, 여름 오이지는 그 완벽한 재료다.

바삭, 생오이 같은 기분 좋은 초여름 저녁이다. 스님의 오이지 요리는 끝났고, 헤어질 시간이 왔다. 우리는 합장했다.

여름

혜성 스님의
여름 입맛 살리는
오이지냉국과
오이지무침

준비하세요

오이 15개, 물 5컵, 굵은소금 1컵 반

(무침 재료 : 매실청 1큰술, 고춧가루 1작은술, 통깨, 홍고추, 청고추 약간)

이렇게 만들어요

1 오이를 상처 나지 않게 흐르는 물에 씻어 항아리에 차곡차곡 담는다.

2 물에 소금을 넣고 끓인 후, 물이 뜨거울 때 오이가 든 항아리에 부은 후 상온에 둔다.

3 2~3일 지난 후 소금물을 따라내고, 따라낸 소금물을 끓여서 식혀 다시 오이가 든 항아리에 붓는다(2회 반복).

4 오이지냉국 - 오이에 소금간이 배면 꺼내서 씻은 후 0.2cm 정도 두께로 썰어 찬물을 부어 간을 맞춰 낸다.

5 오이지무침 - 오이지를 썰어 물기를 꼭 짠 후 매실청, 고춧가루 등을 첨가해 무쳐서 낸다.

tip 오이는 이뇨효과가 있고, 장과 위를 이롭게 하며, 소갈을 멎게 하는 효능을 지녔다. 몸이 부었을 때는 오이즙을 매일 한 잔씩(작은 잔) 마시면 부기를 가라앉히는 데 도움이 된다. 녹즙 재료로는 곧은 것보다 꼬부라진 오이가 좋다.

못난이 오이도 맛있다

잘생긴 오이만 시장에 풀린다. 다른 채소나 과일도 사정이 비슷하다. 흠집이 있거나 모양이 나쁘면 안 산다. 그러니 소비자 입에도 안 들어오고, 농민은 애가 탄다. 이때 직거래가 도움이 된다. 늦봄이 되면 인터넷 오픈마켓에 이런 오이들이 많이 나온다. 모양 안 좋고 고르지 못한 것들이 제 주인을 기다린다. 물론 값은 훨씬 싸고 맛도 좋다.

여름

오이

감자

별똥별 캐러 감자밭으로 가다

원 상 스 님 과 떠 난 감 자 여 행

감자는 채소로 된 별이다. 감자는 흙에서 양분을 흡수하고 그 양분
을 지닌 채 감자 별자리를 여행한다. 감자는 지구에 별똥별로 떨어진
다……
― 앙리 쿠에코,《감자일기》중에서

강원도로 차를 몰아가니 쿠에코의 이 구절이 생각났다. 프랑스 화가인
쿠에코가 오직 감자에 대해서만 천착한 글모음으로, 한국에서도 출판
되었다. 도시에서는 가장 멀지만 하늘과 가장 가까운 땅 강원도. 그곳
에는 감자로 된 별자리가 있을 거다, 그리하여 감자가 별똥별이 되어 우
수수 떨어질 거다. 맑은 바람이 차창으로 스민다. 흔히 그렇듯이, 강원
도 오지는 내비게이터가 머리를 쥐어뜯는다. 빙빙 돌고, 깜빡이며, 마침
내 바보가 된다. '내 마음의 외갓집' 가는 길도 그랬다. 내비게이터는 아
무것도 없는 초록 공간을 표시한 후 한 줄기 가느다란 길만 보여줬다.
그러고는 헤매기 시작했다.

여
름

감자

산속 외딴집, 산 능선처럼 둥글고도 억척스러운 부부가 살고 있다

"그 길 끝까지 오시면 돼요."

전화를 건 운전자에게 걸려온 대답이었다. 산길로 접어든 차는 한참을 달려 한 채씩 집을 만났고, 차를 세웠으며, "아니오"라는 답을 들었다. 그때 생각이 났던 것이다. 산길에서 목적지를 찾을 때는 '의심하지 말고 가라. 여기가 맞나 싶을 때 더 가라'는 화두였다. 과연 '……외갓집'에서 기르는 개 세 마리(한 마리는 마실 온 옆집 개)가 우리를 맞았다. 왜 아니겠는가. 인생의 길도 그럴 것이다. 본디 참된 것은 쉬이 보이지 않나니, 의심하지 말고 갈 일이다.

주인네 임소현, 김영미 부부가 맞아준다. 임씨는 천상 선비 풍모고, 날카롭고도 순한 눈매(이런 게 진짜 있다)를 가졌다. 아마도 본디 퍼런 눈빛을 이 산골의 부드러운 기운과 능선이 둥글게 깎았으리라. 김씨는 포근하고도 억척스러워 보이는 내자다. 아니나 다를까, 김씨는 농민운동을 했고, 남편 임씨를 만나 귀농한 처지란다.

"제가 바깥사람 같고, 저 사람(남편)이 안사람 같죠(웃음)?"

괄괄한 성미의 아내 김씨다. 사진작가 최 선생이 어디선가 뵌 분들 같다고 고개를 갸웃거린다. 맞다. 텔레비전 휴먼 다큐멘터리에 등장했던 부부다. 이들이 운영하는 블로그에 들어가서 구경했더니 흥미로운 분들이다. 임씨는 우리 취재팀을 남달리 맞아주면서 본디 다니던 회사가 조계사 근처에 있었다고 말한다. 직장 초년 시절을 그 주변에서 보냈다는 것이다. 멀리서 차바퀴 헛도는 소리가 들린다. 승용차가 올라오기에는 벅찬 길. 스님이 오시는 모양이다. 원상 스님이 차를 버리고 걸어오신다. 환하게 웃으신다. 마침 고마운 비가 뿌린다. 일동 합장.

마당에 앉아 환담한다. 원두막 위로 갓 수확한 양파가 주렁주렁 매달려 있다.

"농사는요 뭘. 그냥 우리 먹을 만큼 짓고 효소 내릴 용도로 조금 하는 거죠. 산야초로 효소 만들고 오미자 농사를 지어 발효 원액도 조금 합니다. 밭농사를 조금 짓는데 그것도 멧돼지 가족이 와서 먹어버리곤 해요. 귀농 10년차에 정작 농사가 어렵다는 걸 깨닫는 중이죠."

임씨는 강원도 양구 출신으로 인제로 귀농했다가 영월로 옮겨왔다. 지세가 좋고, 물이 맑으며, 기운이 마음에 드는 땅이라고 한다. 원두막에 앉으니, 집이 보통 물건이 아니다. 아니나 다를까, 직접 지은 집이다.

"기둥으로 쓸 나무를 마련해서 말려가며 지은 집이에요. 나무가 말라야 재목이 되거든요."

기둥 세우고 흙 발라 직접 손으로 지은 집이 산세에 딱 물려서 아주 안정감 있다. 구석구석 사람 손의 노고가 깊다. 화장실도 당연히 수세식이 아닌데, 냄새 한 자락 느껴지지 않는다. 이들의 깔끔한 손길이 그런 것이다. 생활을 어떻게 꾸려나가는지 궁금해진다.

"농사는 뭐 그렇구요, 방 하나 민박 내고 그래요. 필요한 건 다 만들어 쓰고, 없으면 안 쓰고(웃음)."

이 부부는 지역에서 활동가로 일한다. 동강보존본부 회장을 맡고 있기도 하다. 삶은 옥수수를 먹으며, 감자에 대한 환담이 이어진다. 바로 집 앞 텃밭이 감자밭이다. 마침 수확을 할 시기여서 호미와 광주리를 들고 손을 합쳐 캐보기로 한다. 해는 구름에 가려 진땀도 흘리지 않고

103

여름

감자

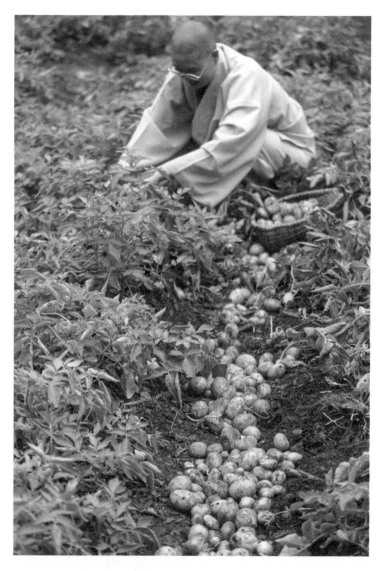

"농약과 비료를 안 치니 본래 작기도 작습니다.
알이 작아도 맛은 좋을 거예요."
이 낙관이 산골에서 머물게 하는 힘이다.

여름

감자

감자를 뽑아올린다. 이런 일이란 기실 농사라고 부를 수도 없는 즐거운 노동이다. 갈아주고 김매는 고단한 일이 끝나고 수확의 기쁨에만 슬쩍 끼어드는 셈이라 미안한 마음이다.

고흐의 〈감자 먹는 사람들〉을 떠올리며

"올해 농사가 어렵습니다. 가물어서. 감자도 작다고 아우성이지요."

임씨의 말이다. 과연 쑥 뽑아올린 감자 대궁 밑으로 알이 작다. 굵직한 것들이 간혹 보이고 자잘한 조림용이 태반이다.

"농약과 비료를 안 치니 본래 작기도 작습니다. 알이 작아도 맛은 좋을 거예요."

아내 김씨가 거든다. 이 낙관이 이들을 이 산골에서 머물게 하는 것이라는 생각이 들었다. 감자 캐는 밭을 멀리서 집 마당의 개들이 지켜본다. 짖지 않고 사람을 따르는 녀석들이다. 절집에서 개를 기르면 불성이 스민다 하였는데, 이 집 개들도 그렇다. 맑은 눈으로 감자 캐는 사람들을 본다. 우리가 가장 사랑하는 서양화가 고흐는 일하는 대중에 대한 각별한 애정을 가진 것으로도 유명하다. 그가 그린 〈감자 먹는 사람들〉을 떠올려보라. 오직 낮은 불빛 아래서 수확한 감자로 식사하고 있는 농민의 퀭한 눈빛과 낯빛이 그의 애정을 말해준다. 그는 이 작품 한 장을 그리기 위해 수없이 많은 스케치를 했다. 그중 상당수가 남아 있어서 그가 이 작품에 쏟은 애정을 선명하게 나타내고 있다.

'나는 램프 불빛 아래에서 감자를 먹고 있는 사람들이 접시로 내밀고 있는 손, 자신을 닮은 그 손으로 땅을 팠다는 것을 분명히 보여주려고 했다. 그 손은, 손으로 하는 노동과 정직하게 노력해서 얻은 일용할 양식을 암시하고 있다.'

감자밭에서 스님과 우리는 감자를 캤다. 그 농민의 마음으로 말이다. 두런두런, 스님의 우스갯소리와 감자 먹는 이야기를 들으면서.

"감자는 부각이 먼저 생각나요. 저며서 전분 빼서 하얗게 만들어서 소금물로 데쳐요(군침). 그걸 불 땐 방에서 말려요. 기름에 튀기면 되는데, 얼마나 맛있는지 몰라요."

스님이 조리법(?)을 말로 설명하면서 그것을 마치 입에 넣는 듯한 기분을 표현한다. 이 음식이 어디서 왔는지 알았다면, 가장 맛있게 먹는 것이 인간과 불가의 도라면, 스님의 표정은 맞춤하다.

"감자를 아주 좋아해요. 절 음식에도 많이 쓰고 있고. 순결하고 흐뭇하고 꿋꿋한 맛이잖아요. 감자 없었으면 뭘 먹었을까 싶고."

감자는 엄밀히 말해 토종 개념이 없다. 우리 땅에서 시작한 것이 아니기 때문이다. 전래 시기도 상당히 늦다. 순조 24년(1824년), 이규경의 《오주연문장전산고》라는 문헌에서 처음 감자에 대해 기록하고 있다. 청과 우리 국경 사이에 몰래 삼을 캐러 들어온 청나라 사람들이 감자를 심어놓고 먹었는데, 그들이 가고 난 후 땅에 남아 있던 감자를 통해 우리 땅에 번식했다는 것이다. 물론 이것은 유력한 설 중의 하나다.

김동인의 소설 〈감자〉에서 감자는 실은 고구마다. 감자는 '북감저'라고 불렸고, 고구마와 비슷한 이름으로 혼용되었다고 한다. 생김새가 비슷하고, 전래된 지 오래되지 않아서 서로 혼란을 일으켰던 것이다. 재배

지역도 상당 부분 겹친다. 감자는 북방에서 오래 갈아먹었고, 전국으로 퍼져나갔다. 특히 일제 강점기에 재배 면적이 넓어졌는데, 이는 일본의 곡물 수탈 정책과 물려 있었던 까닭이라고 한다. 감자 같은 대용 구황 작물을 심고 쌀을 빼앗아갔던 것이다.

감자는 그 후 우리 생활에서 없어서는 안 될 존재가 되었다. 특히 땅이 척박한 지역에서 크게 활약했다. 농지가 거친 강원도가 감자 덕을 본 것은 물론이다. 화전민이 감자를 갈아먹고 살았을 것 같은 이곳, 영월군 북면의 임소현 씨 댁 밭에서 지금 감자가 막 땅으로 나오고 있다.

순결하고 흐뭇하고 꿋꿋한 맛, 감자 없었으면 뭘 먹었을까

"전국 선방을 다니면 별별 음식이 다 있어요. 지역별 영향도 있고, 선방에서 누가 공양을 쥐고 하시느냐에 따라 메뉴가 많이 달라져요. 감자로 만드는 음식도 마찬가지인데, 참 많은 걸 만들어서 공양하십니다. 감자옹심이는 아시지요? 감자붕생이라는 것도 많이 해서 공양 올리는 걸 봤어요. 감자란 참 고마운 존재입니다."

감자옹심이는 감자를 갈아 내려서 둥글게 빚어 채소를 넣고 끓여 먹는 음식이다. 붕생이는 일종의 범벅으로, 서양의 샐러드와 유사하다. 영월 지역의 특산 음식이기도 하다.

"서양식 음식도 공양으로 더러 준비하는데, 제가 좋아하는 건 감자 샐러드예요. 삶은 감자를 잣 소스로 버무려 냅니다. 고소하고 몸에도 좋고, 아주 맛있어요."

스님은 막 감자샐러드를 한입 달콤하게 입에 넣는 표정이다. 감자는 전분이 많으니 기름기와 잘 어울리는데, 기름진 마요네즈(마요네즈는 기름과 노른자, 식초의 조합이다) 대신 잣으로 그 몫을 대신한 조리법이다. 생각만 해도 맛있겠다.

지금 대중들의 관심은 먹는 일에 많이 경도되어 있다. 아쉽게도 그것에는 쾌락의 측면이 강조될 뿐, 어디서 온 음식을 어떻게 먹는가 하는 생활 철학적인 면은 뒤로 물러앉아 있다. '먹방과 쿡방'은 유행일 뿐, 삶의 본질과는 심하게 서걱거리는 사이다. 백종원 씨의 공이 있다고 하는데, 바로 '전국의 양념장 맛을 통일시킨 것'이라는 우스갯소리가 있다.

"지금 다시 우리가 음식을 봐야 해요. 식食, 먹을 식. 사찰음식이 이 시대에서 할 일이 무엇인지 생각할 시기이기도 하죠."

음식이 쾌락이되, 쾌락을 강조하면 교만해진다. 그것은 세상의 이치다.

"저는 부재료를 보려고 해요. 농사를 짓고 요리를 하면 남아서 버리는 게 있습니다. 그것을 알뜰하고 온전하게 쓰는 일이 절 음식 만드는 스님들의 몫이 아닌가 합니다."

감자를 깎아서 나온 껍질도 말려서 가루 내어 전분을 더 얻고, 손질한 채소 한 이파리도 말려서 쓰는 일을 말하시는 듯하다.

원두막에 매달아놓은 양파가 한 개 툭, 떨어진다. 감자를 먹고, 일행은 일어섰다. 불성 가진 개들이 뒤를 따랐다. 다음 해 농사로 다시 이들은 감자를 심을 것이다.

비, 내린다.

여름

감자

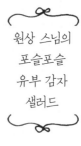

원상 스님의
포슬포슬
유부 감자
샐러드

준비하세요

유부(초밥용) 5장, 감자 2개, 오이 1/4개, 빨강 파프리카 1/2개, 취나물 200g, 조림 간장, 조청, 집간장, 깨소금, 참기름, 소금, 잣 소스(잣, 올리브유, 소금)

이렇게 만들어요

1 유부는 끓는 물에 데쳐 물기를 짠 후 세모 모양이 되도록 반으로 자른다. 간장과 조청에 살짝 조려낸다.
2 물을 자작하게 부은 냄비에 감자를 넣고 푹 쪄서 으깬다.
3 취나물은 데쳐서 물기를 짠 후 집간장, 깨소금, 참기름을 넣고 무친다.
4 오이와 파프리카는 곱게 채 썰어 다지고 취나물 무친 것을 다져서, 소금과 잣 소스를 넣어 으깬 감자와 함께 섞는다(잣 소스는 잣, 올리브유, 소금을 소형 믹서에 넣고 곱게 갈아서 만든다).
5 유부 속에 4를 알맞게 채워넣는다.
6 접시에 취나물 무친 것과 함께 낸다.

tip 감자를 고를 때는 흠집이 적고 표면이 매끄럽고 단단한 것이 좋다. 푸른빛이 돌거나 싹이 나 있는 것은 피한다. 바람이 잘 통하는 서늘한 그늘에서 보관하며, 사과와 함께 두면 싹이 잘 나지 않는다.

포슬포슬한 감자를 찾는다면

감자는 대개 수미라는 품종을 많이 심는다. 병충해가 적고 소출이 많기 때문이다. 이 품종은 대신 미끈거리고 분질이 적다. 포슬포슬한 옛 감자의 추억을 가려버린다. 포슬한 감자는 보통 남작이라는 품종이다. 시중에서 구하기 어렵다. 대신 인터넷을 검색하면 로즈밸리라는 품종이 팔리고 있다. 작고 단단하며 저장성이 뛰어난 감자인데, 분질이 꽤 있고 맛도 좋다. 아이들이 좋아하는 감자 퓌레를 맛있게 만들려면, 버터가 감자 무게의 절반 이상 들어가야 한다. 이때 버터 양의 반 정도는 올리브유로 대체하는 게 좋다. 또 감자 퓌레는 소금이 많이 들어가는 요리이므로 주의한다.

여름

감자

옥수수

어여쁜 청춘처럼 고르고 싱싱한 알갱이들

적 문 스 님 과 떠 난 옥 수 수 여 행

조립식 창고 겸 작업장에서 막 따온 옥수수를 선별하여 포장하는 작업이 한창이다. 나이가 조금 들면서 식당이든 농사짓는 동네든 '윤기가 도는' 낌새를 엿보게 마련이다. 찾아가는 이로선 그래야 마음이 편하고 여유롭기 때문이다. 어느 구석에 찬 기운이 쌩쌩 돌고 부박한 느낌이 있으면 한 수 긴장하고 들어가게 된다. 평택시. 동네를 가로지르는, 미군부대가 장비 수송용으로 깔아놓은 고가 철도가 눈에 거슬렸지만 옥수수 일꾼들은 바삐 손을 놀렸다.

날옥수수는 처음이지?

평택은 짧은 시간 동안 변화가 많았다. 본디 천혜의 농사짓는 땅이었으나 해군이 들어오고 항만이 개발됐다. 서해안고속도로로 대변되는 도로망의 확충은 물론이다. 그러니 평택에서 도심으로 오가는 사람이 많아지고, 서울의 배후 도시 같은 느낌마저 들 정도다.

　'전 지역이 대부분 낮고 평평한 충적지와 침식 평탄지로 구성되어 있

다.'(두산백과)

아닌 게 아니라 평평할 평平, 윤택할 택澤이어서 평택이다. 사학자 신정일은 이런 얘기도 보탰다.

"(전략) 노숙동이 '기름진 들 멀리 손 모양 평평한데 농부들 도롱이삿갓 쓴 채 구름 헤치며 밭을 간다'라고 하였던 것처럼 평택은 들이 넓어서 쌀의 본고장, 즉 경기미의 본고장이다. 조선 초기의 학자 하륜은 '길이 남과 북으로 통한다' 하였고, 서거정 또한 '삼도의 요충이 되는 지점에 있다' 하였다. 이처럼 평택은 서울에서 삼남으로 내려가는 길목에 자리했다."《신정일의 새로 쓰는 택리지 4》에서)

군데군데 아파트가 솟아 있지만 너른 들이 역시 평택의 들판의 힘을 보여준다. 산이 낮아서 토지 효율이 뛰어나 보인다. 그곳에 바로 박건화 대표의 옥수수밭이 있다. 5월부터 시설을 써서 이미 옥수수를 출하했지만 아무래도 노지의 제철은 지금이다. 옥수수가 단단하고 야물게 익었다. 얇지만 거친 껍질을 벗기어내니 구수하고 독특한 향의 수염이 옥수수를 감싸고 있다. 박건화 대표가 옥수수를 내민다. 이쁜 청춘의 그것처럼 알갱이들이 고르고 싱싱하다. 먹어보란다. 삶은 게 아닌데, 뭐 이런 생각을 할 틈도 없이 "날로 먹어도 맛있어요" 한다.

이건 무슨 느낌일까, 날옥수수라니. 먹어본 경험도 없고 맛도 예측이 안 된다. 한입 물었다. 놀랍게도 즙이 물씬 나온다. 아삭하다. 냉장고에 넣어둔 과일처럼 시원하다. 아닌 게 아니라 눈을 감으면 과일을 먹는 줄 알겠다. 대표가 웃는다. 눈가가 선하되 장난기가 있어 보이는 분이다. '날옥수수는 처음이지?' 뭐 이런 표정이다.

오랜만에 오신 적문 스님이다. 농사짓는 분이라 손이 거칠다.

"옥수수는 척박한 땅에서도 잘 자란다고 알고 있잖아요. 그래서 내가 절에서 꽤 많이 심었어요. 아 이게 말이요, 잘 안 자라는 거예요. 농사가 어려워요."

옥수수는 본디 척박한 산간 땅에서도 자라는 작물이다. 그러하더라도 시비施肥를 해줘야 고품질로 나온다. 당연한 일이겠다. 기름진 거름 싫어하는 작물이 어디 흔하겠는가.

"저희야 친환경으로 길러보려고 하니까 축산 부산물을 액비(액체 비료) 상태로 만들어서 밑거름해요. 이것저것 잘 자랄 수 있는 비료는 거의 다 해봅니다. 옥수수도 준 만큼 여물어요."

날옥수수에 향이 있다. 고소하고 여릿한 풀 냄새, 비린 맛은 전혀 없다. 많이 먹어도 배가 불편하지 않다고 한다.

너무, 엄청나게, 달아서 초당!

"옥수수 종류가 많습니다. 종자로 보면 훨씬 더 많을 거고. 이건 초당옥수수라고 불러요. 초당超糖이라는 뜻입니다."

물론 없던 낱말이다. 초超란 본디 있던 것을 뛰어넘는다는 뜻이니, 엄청나다는 뜻으로 보면 된다. 그러니 매우 단 옥수수 정도가 되리라.

"옥수수가 달다는 건 품종에서 오는 겁니다. 찰옥수수, 메옥수수 같은 전통적인 옥수수와 다른 것이지요."

옥수수는 품종별로 쓰임새가 다르다. 폭립종이라고 하여 팝콘을 튀

여름

옥수수

날옥수수라니. 한입 물었다.
아삭하다. 냉장고에 넣어둔 과일처럼
시원하다. 아닌 게 아니라
눈을 감으면 과일을 먹는 줄 알겠다.

기는 것, 한국에서 유행하는 찰옥수수, 이것은 실제로 아밀로펙틴이 많이 들어 있어서 찰기 있고 쫄깃하다. 사료용도 있다. 우리는 아무래도 식사 대용으로 쓰는 옥수수가 대세다.

"단옥수수를 아직 잘 모르십니다. 간단히 설명하면 미국 통조림 옥수수 있잖아요. 그게 바로 단옥수수 계열이에요."

이 종자가 돌고 돌아 우리나라에도 들어왔고 개량하여 재배가 늘고 있다. 마루농장에서 쓰는 종자는 대표가 직접 육종하여 개발한 것이다. 반딧불이 초당(품종보호 제5008호)이라고 이름 붙였다.

"아이들이 참 좋아하겠네. 제가 절에서 아이들 데리고 교육도 많이 합니다. 음식이 어디서 오는지 알려면 농사를 지어봐야 하거든요. 애들 다 힘들다 하지요. 그래도 땅을 만져보고 작물을 길러보는 게 아주 중요해요. 절 음식의 기본은 땅의 기초를 아이들에게 가르쳐주는 것도 포함된다고 생각하거든요."

스님의 말씀에 대표가 고개를 끄덕인다.

"초당옥수수는 아이들도 참 좋아합니다. 가공하지 않아도 맛이 있으니까요. 이런 걸 먹으면서 하나씩 바꿔가야지요."

들판에서 열을 지어 옥수수가 키가 솟았다. 보통 옥수수보다 키가 좀 작은 듯도 하다. 여름에 수확을 하고, 가을 수확도 하는데 불은 때지 않고 시설 안에서 키운다. 10월, 11월이 마지막 수확이다. 가을 수확은 시설에서 이루어지지만 재배 기간 동안 가온은 하지 않는다. 나머지 시간에는 땅심을 돋우는 등 농사 준비를 한다.

스님이 묻는다.

"종자 문제가 큰일 아닙니까? GMO도 그렇고."

박 대표는 본디 농협과 국가에서 종자를 기르고 보존하는 관청에서 육종 일을 했다. 그러니 이런 문제에선 아주 밝다.

"전통적으로도 육종을 해서 전혀 새로운 종을 만들기도 합니다. 그러나 그것은 어디까지나 아버지와 어머니를 다 알 수 있는 것이지요. 계통 안에서 나온다는 말입니다. 육종이 원래 힘든 게 육종을 해도 길러서 수확을 해봐야 결과를 알 수 있거든요. 그래서 몇 년씩 걸리는 건 기본입니다. GMO는 유전자 자체를 인위적으로 변화시키는, 전혀 다른 계통의 종자 생산법입니다. 그러니 우리가 알 수 없는 부분이 아직 너무 많아요. 검증되지 않은 건 물론이지요."

우리가 GMO 식품을 먹고 충분한 시간이 흐르지 않았으니 아직 검증이 안 된 셈이다. 여기에 위험성이 있다. 노벨상 받은 학자들이 GMO가 안전하다고 했다는 말이 있다. 예전에도 그런 노벨상 수상자들이 있었다. DDT 같은 것도 안전하다니까 썼다. 플라스틱 젖병도 아무렇게나 회사에서 만든 게 아니었다. 다 안전하다고 해서 아기들에게 빨렸다. 언젠가 DDT에 치명적인 독성이 있다고 해서 금지되었다. 내 머리통에 뿌려진 그 화학약품이. 젖병도 금지되었다. 이미 수많은 아이들이 빨았다. GMO도 언제 그런 운명에 처할지 우리가 어떻게 알겠는가. 당대에서 안전하다고 하는 것이 진짜 믿을 만한 것인가. 나는 의심한다.

옥수수

시골, 청한 하늘, 할머니, 찜솥, 구수한 맛

박건화 대표는 꿈이 있다. 종자를 만드는 사람 같은 과학자들이 거의 그렇겠지만, 자신의 이름을 단 품종을 남기고 싶은 것이다. 그의 꿈이 이루어지기를 응원한다. 달콤한 옥수수로 신기원을 연 놀라운 인류처럼 말이다.

옥수수는 본디 토종이라는 개념이 없다. 원래 외래종이기 때문이다. 그래도 사람의 심리는 옥수수에 토종을 부여하고 있는 듯하다. 시골, 청한 하늘, 할머니, 찜솥, 구수한 맛 같은 요소들이 우리의 정서를 감싸안는 까닭이다.

반딧불이 초당옥수수는 꽤 값이 비싸다. 수확 후 포장하는 곳에서는 두 대의 저온창고가 가동 중이다. 그래도 대개는 보관기간이 짧다. 빨리 팔리기 때문이다. 스무 자루에 3만 원이다. 들인 노고와 종자의 가치에 비하면 비싸다 할 수 없지만, 일반 옥수수에 비하면 어지간히 높은 값이다.

"농사도 부가가치 있는 걸 해야지요. 저희들은 젊으니까 아무래도 새로운 플랫폼에서 농사 결과를 팔고 이익을 얻는 방법에 익숙한 편입니다."

인터넷으로 주문받아서 택배 발송을 한다. 반딧불이 초당옥수수는 보통 냉장보관 시 2주 이내에 먹어야 한다. 물이 많기 때문이다. 전분질이 많은 일반 옥수수와 달라서 수확 후 시간이 흘러도 맛이 떨어지지 않는다. 더 오래 보관하려면 생것 그대로 밀봉하여 냉동하면 된다. 3개월 정도는 맛을 유지한다. 이 옥수수는 찌면 더 달아진다. 보통 14브릭스 정도인데, 이는 수박보다 높은 당도다. 상상이 안 되는 단맛이다.

옥수수는 자연의 사이클에 아주 충실한 작물이다. 옥수수만 따고 남은 대는 그대로 땅에서 저물어서 땅의 일부가 된다. 그 거대한 사이클은 땅을 살린다. 스님의 말씀이 이어진다.

"옥수수도 맛이 있어야지요. 오늘 좋은 옥수수를 공양했습니다. 사찰음식이 저 높은 곳에 있는 게 아니라 채집하고 수확하는 데서 시작하는 것이거든요. 현장을 보니 참 좋습니다."

스님의 팔뚝은 늘 짓는 농사로 검게 그을렸다. 스님이 옥수수를 넣은 장떡을 만드신다. 알알이 옥수수가 살아 있고, 장의 맵싸하고 진한 맛이 잘 어우러진다.

어려서 옥수수도 마음 놓고 못 먹던 시절이 있었다. 당원이라는 브랜드의 사카린을 넣고 할머니가 옥수수를 쪄주는 집이 왜 그리 부럽던지. 내게 옥수수는 부러움의 음식이 되고 말았다.

저 아메리카 대륙의 인디언들이 있었다. 그들이 이주민에게 옥수수를 주었다. 유럽에서 가져온 종자를 심어 농사를 망쳐서 굶어 죽게 된 메이플라워호의 사람들에게 말이다. 그것이 오늘날 강력한 미국을 만들었다. 옥수수는 현존하는 가장 강력한 구휼의 역사를 가진 작물인 것이다. 나눠준다는 것, 그것이 보시의 마음이며 부처님 아닌가. 바람에 흔들리는 들판의 옥수수를 보는데, 갑자기 그 생각이 들어 등줄기가 서늘해진다.

여름

옥수수

적문 스님의
알알이 톡톡
터지는
옥수수 장떡

준비하세요

초당옥수수 150g, 애호박 1/4개, 풋고추 1개, 된장 1작은
술, 고추장 1작은술, 물 1컵, 밀가루 1컵, 부침유(들기름 1큰
술, 식용유 1큰술)

이렇게 만들어요

1 애호박은 돌려 깎기 한 후 채 썰어 곱게 다진다. 풋고추
   는 길이로 잘게 썬 후 곱게 다진다. 초당옥수수는 알알
   이 떼놓는다.
2 밀가루에 물과 된장, 고추장을 넣고 잘 섞는다.
3 2에 애호박, 풋고추, 옥수수를 넣어 되직하게 반죽한다.
4 팬에 부침유를 두르고 두툼하게 장떡을 부친다.

🫓 tip 옥수수는 칼로리는 낮지만 포만감을 주는 대표적인 탄수
화물 식품이다. 그러나 필수아미노산인 트립토판과 라이신이 거
의 없으므로 영양을 따져 달걀, 우유 등과 함께 먹는 것이 좋다.

옥수수를 오래 두고 먹으려면

옥수수를 오래 두고 먹으려면 일단 삶아서 냉동하는 게 좋다. 옥수수구이도 생옥수수
로 하면 힘들고 익어도 딱딱하다. 일단 삶은 후 구워야 맛있고 요리도 빨리 된다. 옥수
수는 품종이 다양한데, 본문의 옥수수는 단옥수수이고 대개 찰옥수수, 대학옥수수 같
은 걸 많이 먹는다. 여름이 얼추 익어야 옥수수도 맛이 진해진다. 옥수수는 수확하면
안에 들어 있는 당이 전분으로 바뀌어간다. 그러니 도시의 마트에 사들인 옥수수는 이
미 맛이 좀 빠진 상태다. 차라리 산지에서 삶아서 온 것이 더 맛있다.

여름

옥수수

밀

까슬까슬 밀 이삭, 다 저 살자고 하는 눈물겨운 진화

선 재 스 님 과 떠 난 밀 여 행

서울 남쪽에 있는 스님의 작업실이자 거소에 들르니, 모처럼 맑은 날이었다. 겨울과 봄은 서로 자리를 완전히 바꾸었고, 답답한 공기도 때마침 고운체로 거른 듯 고왔다. 거소에는 작은 마당이 있다. 그저 푸른 밭처럼 보였는데, 스님의 설명을 들어가며 보니 이곳도 하나의 우주였다.

어쩌다 만나는 국수가 반갑다

"이건 부처님 머리를 닮았다 해서 불두화, 잘 피었네요. 저건 수국, 나리꽃이 피려면 좀 있어야 하고 저건 제피예요. 방앗잎도 제법이네······ 구절초에, 머위는 키가 벌써 훌쩍 커버렸어. 저걸 옛날 절집서 다듬으면 손이 새까매졌는데(웃음)."

저마다 다 사연 있고 곡절 있는 생명이다. 손바닥만 한 스님의 마당이 그럴진대, 세상은 또 오죽한가. 밀을 찾아 짧은 여행을 떠났다. 스님과 취재진, 스님을 돕는 두 분의 보살님까지 실었다. 군산을 지나 더 남쪽, 만경강이 저 너른 바다로 몰려가는 옥구평야로 갈 참이었다.

여름

밀

"스님, 오늘 요리가 무엇입니까?"

"승소는 아니고, 수제빌세."

승소라. 스님 승僧, 웃을 소笑. 국수를 뜻하는 말. 밀가루로 하는 음식이지만 국수는 아니라는 말씀이다. 승소. 입안에 굴리니 맛이 도는 이름이다. 슬쩍 비켜선 작명, 센스와 위트가 넘친다. 이런 소박한 비틀기는 본디 딱딱할 것만 같은 수도생활에 작은 여유 공간을 만든다. 세 끼 곡식으로 공양하되, 어쩌다 만나는 국수가 반가워서 승소였을 것이다.

"그렇지만도 않아요. 쌀밥이 좋지, 밀가루가 별로인 것이 이미 오래되었어."

절집의 살림이란 본디 대중 살림과 어깨를 겯고 가는 법. 어려운 시절에 쌀밥 먹기가 쉬웠겠는가. 수도자의 혀도 단것은 넘기고 쓴 것은 괴로운 법. 허기 가득하던 1960, 70년대에는 밀가루 보는 일이 절집에도 흔했고, 그것을 보고 웃을 일이 얼마나 있었을까 싶기도 하다.

국수와 수제비. 우리의 허기를 메운 고마운 공양이었으되 한때 서러움도 있었던 셈이다. 스님의 수제비는 그런 지난 시간을 불러오는 선택이었는지도 모른다.

"승소란 건 어떻게 보면 단백질과도 관련이 있지 않나 싶어. 스님네들 공양에 늘 단백질이 부족하지. 된장이나 콩으로 다 채우지 못했고. 밀가루에는 글루텐이 있잖어. 그게 단백질이에요. 쌀보다 밀에 많거든."

공학적인 설명까지 이어진다. 밀가루를 치대서 그 단백질이 활성화되고 글루텐이 잘 '잡히는' 것이다. 메밀이 수굿수굿하고 쫄깃함이 없는 건 글루텐이 드물기 때문이다.

차는 옥구에 닿는다. 과연 밭이 가없다. 오랜 곡창지대였고, 게다가 옥구 쪽은 간척지도 많아 더 너르고 공활하다. 쌀과 보리, 밀 같은 주곡을 심고 가꾸기에 적격이다. 왜 아니겠는가. 일제 때는 이곳서 수탈한 곡식이 당시 작은 어촌에서 개발된 군산을 통해서 일본으로 반출되었다. 옥구에 속한 작은 항구인 군산이 크게 성장한 계기이기도 하다.

눈물겨운 진화, 우리 토종밀 앉은뱅이밀

"아휴, 이게 보리야 밀이야? 비슷하게 생겼어. 겉보리, 쌀보리도 사실 구별하기 어렵고."

그냥 보면 도통 알 수 없다. 키가 좀 큰 건 밀이고 작은 건 보리라고 보면 얼추 맞다. 도시서 자란 나는 그래도 구별이 어렵다.

"보리가 조금 수확이 빠르기도 해요. 색깔이 더 누렇죠? 밀은 6월 20일께나 되어야 벨 거구."

안내해주시는 심상준 선생(우리농촌살리기공동네트워크 대표이사)이 말씀하신다. 마침 밭주인은 출타 중이고, 이 지역 농업 사업과 운동의 터줏대감 격이신 심 선생이 설명을 잇는다.

"보리나 밀이나 이 지역까지가 얼추 이모작 북방한계선이에요. 더 넘으면 추워서 이모작이 좀 힘들고요."

우리밀살리기운동본부가 1991년에 출범하고, 우리밀이 다시 들판에 뿌려질 때 기대가 컸다. 한때 밀 소비량의 2퍼센트를 넘어섰다. 그러다가 다시 1퍼센트대로 떨어진 것이 요즘이다.

"안타깝지요. 밀은 겨울 작물이니 농가 소득에도 좋고, 놀리는 밭 없이 곡식을 얻는 것이고, 게다가 겨울 작물이라 농약 같은 것 안 치고도 재배하기가 쉬운 면이 있으니까요. 무엇보다 수입 밀에 대한 불신의 대안이기도 하구요."

10월에 직파로 파종해서 6월에 수확하니 꽤 오랜 시간을 밭에서 자라는 게 밀이다. 요즘은 파종부터 수확까지 자동화되어 면적당 이익도 높아졌다. 그런데도 우리밀의 점유율은 별로 움직이지 않고 있다. 업계 얘기로는 우리밀의 가격이 아무래도 비싼데다가 소비자 의식 부족도 원인으로 보고 있다. 또 다양하게 제품을 만드는 데 적합하지 않은 면도 있다고 한다. 글루텐 함량이 낮은 것도 빵을 많이 먹는 요즘 입맛에 딱 맞지 않는 구석이 있다.

"예, 그런 점이 있어요. 빵이란 게 원래 서양 것이고 그쪽 밀이 더 맞겠지요. 수입 밀은 품종별로 다양하게 섞어서 제품에 맞는 품목을 잘 블렌딩해서 공급하거든요. 우리밀은 그런 다양성에서 떨어지고요. 우리도 품종 개발이나 개량 같은 데 더 신경을 써야 합니다."

원래 우리나라도 밀을 수매했다. 1984년에 중단하면서 급격하게 밀 자급률이 떨어지기 시작했다. 한때 우리도 1970년대 초에는 자급률 15퍼센트를 기록한 적도 있다. 1950년대에 미국의 잉여농산물해외지원법률(미 공법 480항)이 통과하면서 국내에 엄청난 양의 밀가루가 유·무상 공급되었다. 우리밀은 당연히 고사될 수밖에 없었다. 당시 완전 기계화되고 토지 비용도 훨씬 싼 미국 밀을 당해낼 재간이 없었다. 그렇게 우리밀은 사라져갔다. 정부는 아예 수입 밀을 기본 주곡으로 정했다. 통

여름

일벼와 수입 밀, 이 두 가지가 국민의 주곡이었다. 매일 혼분식 장려 정책이 나왔고 학교에서는 도시락 검사를 했다. 빵과 국수가 쌀보다 영양가가 더 높다고 학자들을 시켜 거짓말을 하기도 했다. 우리밀이고 뭐고 종자를 지키자는 말을 꺼내기도 무서운 세상이었다.

그 밀이 지금 우리 눈앞에 넘실거리고 있으니, 참 세상 모를 일이다.

"이 이삭을 좀 봐요. 까슬까슬한 게 다 세상 이치예요. 보리도 그렇지만, 다 자기 보호하려고 그런 거잖아요."

스님이 한참 밀을 보더니 이은 말씀이다. 다 저 살자고 하는 눈물겨운 진화의 결과일 테다.

"지금 우리밀도 완전 토종 밀은 적어요. 앉은뱅이밀이라고, 진주에 가면 제법 기릅니다. 그게 우리 토종이에요. 수율이 낮으니 종을 특별히 보호하지 않으면 토종은 사라질 겁니다."

지금 이 밭에 자라는 밀은 백중밀이라는 품종이다. 국수를 만들기에 적당하다고 한다. 구수한 우리밀 국수의 맛이 기대되었다.

나중의 일이지만, 경찰의 물대포에 맞아 돌아가신 백남기 농민이 우리밀을 키우고 보듬은 땅이 바로 이곳이기도 하다.

쌀은 지키고 보리는 더 먹고 밀은 살리자

밀은 일제 강점기에 일본으로 종자가 유출되었다. 일본은 남쪽이고 역시 쌀이 강했고, 밀은 대륙성이 있는 품종이라 일본에서 낯설었다. 그렇게 우리밀이 갔는데, 이제 역수입되고 있다. 우리는 종자를 지키지 못

"이 이삭을 좀 봐요. 까슬까슬한 게
다 세상 이치예요. 다 자기 보호하려고
그런 거잖아요."

했던 거다.

'쌀은 지키고 보리와 콩은 더 먹고 밀은 살리자.' 이것이 우리밀을 지키는 이들의 슬로건이다. 아주 적절한 표현이다. 지금, 우리밀은 살려야 할 처지다. 스님의 손이 거기에 보탬이 될 것이다.

"밀 훑어서 볶아 먹고 그랬지요. 춘궁기였으니까. 또 씹으면 단물이 나오고 껌처럼 쫄깃쫄깃했어요. 껌도 귀했으니까."

밀은 구워서 까 먹으면 톡톡 튀는 맛이 있다. 생밀을 씹으면 글루텐이 있어서 쫄깃하다. 밀을 분쇄하지 않고 껍질만 벗겨서 밥을 지을 수도 있다. 밀쌀이다. 좁쌀, 보리쌀, 밀쌀. 뭐든 쌀에 빗대어 이름을 짓는 습관이 있었다. 그만큼 쌀이 귀했기 때문이다.

"밀쌀로 밥 지으면 구수하고 달아요. 요즘도 구해서 먹을 수 있어."

스님의 말씀이다. 그새 스님은 밀밭 사이로 다니면서 온갖 생명들을 보신다. 돌나물, 민들레, 질경이…… 농약을 안 치니 밀밭 둔덕에 여러 생명이 싹을 틔우고 있다. 스님 눈에는 역시 '나물거리'로 보이는 것들이다.

밀 제분은 상당히 어려운 과정이다. 쌀 도정에 비하면 훨씬 대형화되어야 하고, 시설비가 많이 든다. 그래서 우리밀 내는 분들도 위탁이 많다. 자체 공장은 구례 한 곳뿐이다. 밀은 물에 불려서 껍질을 까야 하고, 몇 번씩 롤러에 넣어 으깨야 한다. 체로 쳐서 떨어지는 가루를 몇 번이고 다시 걸러야 쓰기 좋은 밀가루가 된다. 먹기에 적당하지 않은 외피 안쪽의 가루는 밀기울인데, 사료로 쓰거나 누룩 등으로 가공한다. 우리밀로 만들기 좋은 음식을 여쭈었다.

"토장으로 맛 내는 수제비도 좋고 칼국수도 맛있어. 야생버섯 절군(절인) 거에다가 호박 넣고. 호박을 넣으면 부드러운 국수가 서로 뭉치는 걸 막아줘요. 밀기울은 누룩 내면 좋지요. 술 빚어서 식초를 만들면 훌륭해요."

밀은 이 지역에서 이모작이 되지만 연속으로 지을 수는 없다. 밀이 워낙 지력을 많이 소모하기 때문이다. 한 해씩 걸러서 지어야 한다. 밀을 많이 생산하는 유럽에서 윤작법이 나온 것도 이런 까닭이다.

"밀이 수월한 면은 있어요. 그래도 파종기나 수확기에 비가 오면 소출이 줄어요. 밭작물이니까 물기가 많으면 안 좋지요."

익어가는 밀밭을 지켜보던 심상준 선생의 말씀이다. 다시 옥구평야에 바람이 분다. 멀리 바다에서 오는 해풍인 듯, 묵직하게 피부에 붙는다. 여름이 곧 오려는 것일까. 옥구평야에 푸른 건 대부분 보리 아니면 밀이다. '쌀은 지키고 보리는 더 먹고 밀은 살리자'는 말이 적어도 이 들판에서는 가능한 일로 보였다. 갑자기 허기가 몰려왔다. 스님의 수제비 한 그릇을 얼른 먹고 싶어졌다.

여름

선재 스님의
쫄깃쫄깃 개운한
우리밀단호박
수제비

준비하세요

우리밀가루 4컵, 단호박 1/2통, 취나물 100g, 표고버섯 3개, 다시마 2장, 말린 참죽나물 한 줌, 고추장 2큰술, 된장 2큰술, 물 10컵

이렇게 만들어요

1 씨를 털어낸 단호박을 찜통에 푹 찐다.
2 밀가루에 물 대신 단호박을 넣어 수제비 반죽을 한다.
3 다시마, 표고버섯, 참죽나물을 넣어 국물을 낸다.
4 건더기를 건진 채수에 된장, 고추장을 1대 1로 섞어 심심하게 간을 맞춘다.
5 수제비를 얇게 떼어 넣고, 끓어오르면 취나물을 썰어 넣어 한소끔 끓인다.

tip 수제비 반죽은 밀가루에 으깬 단호박을 넣고 손으로 비벼 밀가루가 고슬고슬 물기를 먹은 다음에 오래 치댄다. 이렇게 치댄 반죽은 국물이 팔팔 끓을 때 얇게 떠 넣는다. 취나물 대신 냉이 등 다른 봄나물을 넣어도 좋다. 봄나물 향을 살리기 위해 바로 먹는다.

135

농약 걱정 없는 우리밀
우리밀은 추운 겨울에 파종해 생장하므로 병충해가 없어 농약을 쓰지 않는다. 또한 수입 밀에 비해 유통기간이 짧기 때문에 신선하다. 우리밀은 곡물 자체가 가진 건강성이 뛰어나다.

밀

매실

봄엔 매화 보고 가을엔 매실 먹고

혜 성 스 님 과 떠 난 매 실 여 행

오래전 읽은 고시 한 편이 생각난다. 대략 이런 시였다.

> 봄에 매화를 보고
>
> 마음을 씻었더니
>
> 열매 맺어
>
> 가을에 몸을 씻어주네

경복궁에는 궁에서 심어 기르던 매화가 있다. 매화의 아름다움과 절개를 기억하는 이들도 정작 그 열매의 쓰임새는 잊곤 한다. 우리는 매실밭으로 갔다.

아직도 배우는 중, 매실의 은근함을 닮다

매실의 유효한 재배 지역은 북상 중이다. 날씨 때문이다. 다른 과일도 이런저런 이유로 북상하고 있다. 사과는 추운 곳을 찾아 자꾸 올라가

여름

고, 배는 더운 지역이 늘어서 역시 또 올라간다. 재배기술이 좋아지는 까닭도 있지만 확실히 기후의 변화가 크다. 매실은 광양과 하동 지역이 주요 산지로 알려져 있으며, 남쪽 지방에서는 두루 심고 가꾼다. 최근 공급이 늘면서 값이 많이 떨어진 상태다. 다른 과실나무와 달리 가꾸는 데 큰 공이 안 들기 때문이라고 한다. 국토의 중부인 천안시 직산읍의 김승배 선생이 가꾸는 농장에 매실이 맺혔다.

본디 회사원이었던 김 선생이 은퇴하고 가꾸는 직산의 밭에 심은 매화나무가 무겁게 열매를 달았다. 가용으로 쓸 것을 기를 뿐, 내다 파는 것은 아니라고 하신다. 김 선생은 연극연출가 김진휘의 부친으로, 김진휘와의 인연으로 찾아가 뵈었다.

"약을 안 쳤더니 나무가 애를 먹습니다. 몇 그루는 이미 벌레를 먹어서 고사되고 있어요. 좋은 매실을 위해 약을 안 쓰고 버티는 중이지요."

일일이 죽은 나무를 보여주고, 매실이 잘 달린 나무를 골라 사진을 찍으라 권한다. 알알이 영근 매실을 달고 있는 나무들이 늠름하다. 대원사 혜성 스님이 참한 열매를 보고 빙그레 좋으시다. 사찰음식은 아직도 배우는 중이라고 하시는 겸손, 매실의 은근함과 닮았다. 매실이 다 익으면 살구처럼 먹어도 맛이 좋다고 하시는 스님은 지리산 산거에서 사찰음식으로 대중 공양에 열중이다.

"사찰음식은 구하는 음식이라고 하잖아요. 사람을 구하고 몸을 구한다, 그런 뜻입니다."

대원사는 '몸 생생 마음 생생 사찰요리'라는 프로그램을 운영한다. 물론 혜성 스님의 손길로 만들어진다. 대원사가 지역주민과 가출 청소

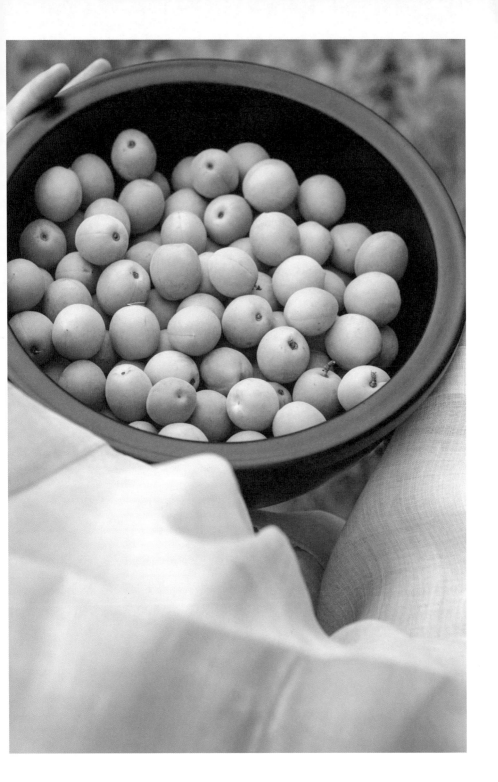

년, 학교 폭력 피해자 청소년의 심신을 치유하는 프로그램을 운영하는 건 잘 알려진 사실인데, 그 핵심에 사찰요리가 있다. 치유의 음식, 사찰 음식의 본디 고갱이이겠다.

"매실은 절집에서 귀하게 씁니다. 입맛 없을 때 장아찌 같은 건 소중한 맛입니다. 그런데 매실 요리라는 게 절집에서 별로 구색은 없었던 것 같아요. 노스님께 여쭤봐도 약으로 주로 썼다, 이 정도의 말씀입니다."

매실은 본디 약용의 효과가 컸다. 오래된 신문에도 초와 술을 만들어 약을 쓴다는 내용이 많고, "장마 전에 매실을 구하여 술을 담그라"는 내용이 나와서 고작 매실주 정도를 상용했다는 것을 알 수 있을 뿐이다. 매화를 그토록 사랑했던 선조들이 매실 요리는 그다지 발전시키지 못한 듯하다. 우리의 몫으로 받아 발전시킬 일인가보다.

청매, 홍매가 익어 황매가 되다

혜성 스님에게 매실의 추억은 호된 맛이다.

"대원사 종각 담 너머에 적어도 60~70년은 됨 직한 큰 매화나무가 있지요. 해마다 매실이 크게 달리면 대중 울력을 해요. 절에서 일하는 처사는 나무에 올라가 긴 대나무 장대로 매실을 두드리고 스님들은 넓은 그물 장판을 양쪽에서 잡고 서 있는 거예요. 매실이 떨어져 몸에라도 맞으면 얼마나 아픈지. 매실을 주워 손질하면서 새참으로 매실차를 끓이고 삶은 햇감자를 먹지요."

예전 내가 사무실에서 일할 때가 있었는데 고된 일에 음주와 흡연이 이어졌다. 툭하면 설사를 했다. 하루는 선배가 작은 병을 하나 내주었다. 매실 농축액이니, 따뜻한 물에 타서 마시라고 했다. 과연 아랫배에 힘이 들어가고 설사가 사라지는 것이 아닌가. 신기한 일이었다. 매실의 정장, 살균작용이 뛰어난 것을 그때 알았다. 이런 자연 약물은 적절히 쓰면 부작용도 적고 장기 복용이 가능하다. 매실을 맛으로도 먹겠으나 약용으로 더 널리 쓸 일을 도모해야겠다.

16년 전, 이탈리아에 있을 때의 일이다. 요리학교 기숙사에 켄이라는 이름의 일본 학생이 있었다. 여러 국적의 학생들이 모여 술을 한잔하는데, 각자 자신이 가지고 있는 음식을 꺼냈다. 나는 별게 없어서 마른 멸치와 고추장을 냈고 일본인은 뭘 내나 궁금했다. 켄이 김을 가지고 있는 건 보았는데 내놓은 건 우메보시였다. 매실을 소금에 절이고 치자잎으로 물을 들인 그 유명한 일본 절임이었다. 아하, 이 친구들은 김치처럼 이것을 즐긴다던 게 사실이었구나. 그는 몇 개 남지 않은 우메보시를 조금씩 아껴 먹었다. 정말로 아낀다는 걸 느낄 수 있는 동작이었다.

나의 시식 소감은 별로였다. 너무 시고 짰다. 사실 이런 맛은 중독성이 강하다. 김치 역시 그런 맛이 아닌가. 입에 넣어 가만히 맛과 향을 음미하니 매실 특유의 시트러스 산미가 넓게 퍼지면서 은근한 맛이 있었다. 그가 멀리 유럽까지 비상 음식으로 우메보시를 가져왔다는 건 그만큼 보존성이 좋다는 뜻도 된다. 짜고 시기 때문이다. 일본인들이 흰밥 도시락을 쌀 때 가운데 우메보시를 하나 쿡 박아서 밥이 쉬지 않도록 도모한다는 건 그런 의미이리라. 매실의 강력한 살균작용을 이용하는 일본인의 지혜인 셈이다. 일제 강점기를 거친 한국인(조선인)에게는, 이

렇게 우메보시를 도시락 가운데 박아넣은 것이 마치 일본 국기를 닮았다 하여 배척한 일도 있었다.

매실은 푸르다는 인식이 달라지고 있다. 청매 중심에서 황매의 가치를 더 잘 이용하자는 움직임도 있다. 유통상의 의지대로 움직이는 시장질서와 달리, 소비자의 애호에 따라 원하는 것을 먹자는 뜻이다. 그렇게 최근 청매 중심의 수요에서 벗어나 황매를 찾는 이들이 늘고 있다. 물론 청매는 그대로 쓰임새가 있으나 어찌 되었건 다 익은 과일은 황매다. 당연히 더 달고 맛있고 진하다.

황매 애호는 근자에 크게 늘어서 농민들이 황매 상태로 출하하고, 인터넷으로 주문받아 공급하는 일이 크게 늘었다. 다음 수확기까지 기다리다가 장마라도 맞고, 바람이 불면 낙과 피해를 본다. 청매 생산에는 불가피한 이유도 있는 것이다.

청매실, 홍매실, 황매실은 품종이 아니라 색깔만 가지고 구분하는 방식이다. 청매가 익으면 황매가 된다. 우리는 매실 장아찌나 술을 주로 담그는데, 대개 청매를 썼다. 근자에 잘 익은 황매의 가치를 알고 수요가 높아진 것은 다행스러운 일이다. 청매 중심의 유통은 사실 유통상의 이익과 관련이 있다. 토마토를 파랄 때 따서 유통하듯이, 매실도 다 익어서 말랑말랑하고 부드러워지면 유통 중에 상품가치가 떨어질 가능성이 높다. 이런 여러 가지 이유 때문에 청매의 유통이 훨씬 많았던 것. 본디 상품은 공급자에 따라 수요와 쓰임새가 생기게 마련인데, 대표적인 경우가 바로 매실이다. '주어지니까' 쓰는 것이다.

붉은빛이 도는 매실을 홍매라고 하는데, 남고가 대표적인 품종이다. 일식 우메보시의 주품종이기도 하다. 햇볕에 노출된 부분이 붉게 변하여 홍매라고 한다. 청매든 홍매든 어떤 경우든 익으면 노랗게 변해서 황매가 된다.

과일의 맞춤한 때를 맞춰보리라

김승배 선생이 매실을 절일 멋진 항아리를 한 점 내신다. 매실과 설탕을 절이면 매실청이 된다. 설탕 대용품으로 쓸 수 있는 산뜻한 맛의 조미료다. 스님은 매실장아찌 두 가지를 하실 작정이다. 청매를 일일이 칼로 깎고 홍두깨로 쳐서 과육을 발라낸다. 과육이 단단하여 즙의 손실이 적다. 설탕에 절인다. 다 익으면 무쳐서 내는데, 입맛 살리는 데 그만

여름

이다.

"올해 매화가 너무 일찍 피었어요. 봄에 이상난동이었잖습니까. 갑자기 바람 불고 비가 오니, 꽃이 너무 많이 달린 터라 많이 떨어져버렸어요. 매실이 더 많이 달릴 수 있었는데, 농사가 마음처럼 쉽지 않아요."

보통 다른 유실수는 과일의 이름을 달아서 부른다. 사과나무, 배나무, 복숭아나무. 그런데 유독 매실은 '매화나무'다. 매실나무라고 부르는 경우는 적다. 다 제 한 몸인데, 과일 전의 꽃의 이름으로 불리는 특별한 운명의 나무다.

보통 매화는 잎보다 꽃이 먼저 나온다. 3월경이다. 매실은 6월에 초록으로 익어간다. 오래전부터 이 땅에서 피어나고 자라 약용으로 쓰였다.《동의보감》에 나오는 것은 물론이다. 약이 귀하던 조선시대에는 전염병이 돌면 오매烏梅를 처방했고, 이 때문에 오매를 비상용으로 행정관청에서 비축했다고 한다. 매실은 그만큼 특별한 효과를 기대하는 약재였다. 오매는 매실을 말려 검게 가공한 것이다. 지금도 한약 처방약으로, 민간약으로 쓴다.

내 기억에 매실이 유명해진 건 술 광고 때문이다. 남도지역에 대거 매실을 심고, 술을 만드는 회사가 생겼기 때문이다. 텔레비전으로 대대적인 광고를 해댔고, 그것이 우리 국민의 기억에 남아 있다. 매실주는 한때 이런 광고 캠페인 덕에 보급이 늘었는데, 맥주와 포도주 같은 외래 술의 공세에 제 몫을 하고 있지는 못한 듯하다. 최근 품질을 크게 올린 고급 매실주가 시중에 다시 나온다. 매실주가 대중화될 수 있을지 궁금하기도 하다.

장아찌가 되는 데 시간이 필요하니 스님이 절에서 담근 장아찌를 가져왔다. 직접 담근 고추장으로 무친 매운 장아찌가 입에 잘 맞는다. 밥 한 그릇이 간절하다. 그 장아찌가 촬영을 도와준 김승배 선생 댁에 선물로 간다. 그 덕성과 불심도 전해지기를 바란다. 마침 김 선생 댁이 신실한 불교 집안이다.

출장 중에는 황매가 아직 남쪽지방에서도 익기 전이었다. 올해는 황매를 한 상자 시켜서 절임으로 해볼 요량이다. 과일의 맞춤한 때를 맞춰보리라. 혜성 스님도 황매로 요리를 해보실 것이다.

여름

매실

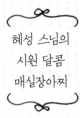

혜성 스님의
시원 달콤
매실장아찌

준비하세요
매실 5kg, 설탕 5kg, 소주 5L

이렇게 만들어요
1 매실은 씨알이 굵고 단단한 것으로 준비한다. 항아리 안에서 볏짚을 태워 잡냄새를 제거한다. 또는 항아리를 깨끗이 씻어 물기를 닦아내고 뜨거운 햇볕에 뚜껑을 열어 말린다.

2 매실을 깨끗이 씻은 후에 꼭지를 제거하여 하룻밤 정도 펴서 물기를 없앤다. 항아리에 매실을 담고 매실이 잠길 정도로 소주를 부어 뚜껑을 덮은 후 21일 정도 시원한 곳에 둔다. 이렇게 하면 매실의 아삭아삭한 맛이 살아 있다.

3 매실을 꺼낸 후 4~5개의 칼집을 내어 도려내거나 홍두깨로 쳐서 씨를 발라낸다. 설탕에 버무린 다음 항아리에 넣어 남은 설탕을 붓고 밀봉한다.

4 15~20일이 지난 후에 매실과 매실청을 분리한다. 매실청은 물을 타서 음료로 마신다(감식초를 섞어서 만들면 더욱 맛있다). 각종 요리의 양념으로도 사용한다. 매실은 필요할 때마다 꺼내서 기호에 따라 반찬으로 먹기도 하고, 고추장과 약간의 꿀을 넣고 버무려 통깨를 뿌려 먹기도 한다.

tip 배가 아프거나 체했을 때 매실청을 물에 타서 마신다. 특히 여름철 밀가루 음식을 먹을 때는 매실장아찌를 곁들인다. 장아찌를 담글 때, 솔잎을 따서 깨끗이 씻은 후 검은 꼭지를 제거하고 물기를 없앤 후 함께 넣어도 좋다. 솔향기가 은은히 배어나온다.

여
름

매실

가을

붉은 수수밭에 참새 떼 연신 몰려와 신이 나고, 빨갛게 잘 익은 토마토는
당연하게도 툭툭 떨어진다. 아직 참을성 있게 용을 쓰며 익어가는 것들에게
마지막 가을볕이 깃들고, 산에서 시작된 바람이 슬며시 뺨을 스치면
신은 물으실 것이다. '똑똑똑! 잘 익었느냐?'

토마토

수수

장

포도

늙은 호박

표고버섯

토마토

나의 최초의 토마토를 찾아가다

동 원 스 님 과 떠 난 토 마 토 여 행

원래 사대문 안을 서울이라고 했다. 일제 강점기에 조금씩 넓어지다가
전후, 그리고 1960년대 이후 서울의 폭은 더욱 커졌다. 서울의 둘레는
과거 경기도 양주군, 고양군에 해당하는 곳이었다. 그리하여 지금도 간
혹 뉴스가 나온다. "서울에서 농사짓는 사람들." 이는 서울 둘레가 중요
한 농산물 생산 지역이었음을 말해준다. 경기도 용인은 적당히 발달한
구릉과 논밭이 있었다. 차를 몰아 이 땅으로 들어간다. 아니나 다를까,
공기의 '기운'이 다르다. 아파트가 빼곡한 주거지대 옆으로 슬쩍 비껴서
니, 과연 옛 용인의 느낌이 살아나는 구릉지대. 그 옆으로 농장이 있
으니, 목적지다.

누구나 최초의 토마토가 있다

알알이 토마토가 맺힌 농장이다. 뒤로 비구름이 몰려오다가 주춤거리
면서 흐린 비를 뿌렸다. 늦여름의 무거운 기운을 걷어간다. 스님이 오신
다. 백여 명 비구니 대중이 기거하는 수원 봉녕사의 도감, 동원 스님이

가
을

토마토

다. 반가운 걸음, 인자한 웃음. 지금 토마토는 사철 재료가 되었다. 그래도 이 여름의 초입에서 출구까지가 제철이다. 농장을 운영하는 이성민 씨는 말한다.

"서리 내릴 때까지만 기릅니다. 불을 때서 난방을 해가면서 하는 쪽도 있는데, 저희는 그냥 그 정도까지입니다."

비가림 하우스 재배다. 비를 가려주면 당도는 올라가고 잘 익는다. 나는 토마토 하면 떠오르는 첫 번째 질문—아마 필자와 비슷한 이들이 많을 것 같다—은 토마토는 과일인가 채소인가 하는 것이다. 자못 '초딩' 스러운 이 질문은 여전히 복잡한 주장을 떠올리게 한다.

과학자들은 분류학적으로 토마토를 과일이라고 부른다. 위키피디아에 의하면 과일이란 꽃 피우는 식물의 씨방이 발달한 것이므로, 토마토도 과일로 본다고 한다. 반면, 분류학적인 내용이 아니라 세금 때문에 토마토가 확실한 채소로 지정된 적도 있다. 뭐든 판례를 얻기 좋아하는 미국인들의 경우다. 1887년의 일인데, 채소에만 세금을 붙이는 관세법이 통과되면서 토마토는 어디에 놓느냐는 논쟁이 일었다. 결국 연방대법원이—참 할 일도 없어 보인다—채소라고 규정하게 된다. 이유는 우리가 예상하듯 '토마토는 후식으로 나오지 않기 때문'이었다.

그런데 그런 관점으로 보면 한국에서는 과일이다. 당신의 토마토에 대한 기억은 어떨지 모르겠으나, 내 최초의 토마토는 '설탕에 절인 토마토'였다. 기실 예전의 6~7월은 변변한 과일이 없었다. 복숭아나 포도가 나오기에는 이르고, 참외나 수박도 만물이 겨우 나올까 말까 하던 시기였다. 요즘은 하우스 재배를 하면서 출하 시기가 대폭 당겨졌지만 노지 재배만 하던 때에는 그렇게 계절만 바라보면서 과일을 먹어야 했다. 이럴 때 토마토가 허술한 틈을 메웠다. 그런데 문제는 별로 달지 않다는 것. 그런 점에서 토마토는 과일이 아니다. 단맛이 제법 있기는 하지만, 그렇다고 과일처럼 아, 달다 할 정도는 아니었던 것이다.

그러니 설탕에 재서 먹는 방법을 썼다. 과학적으로 토마토와 설탕은 상극이라고 하지만, 이게 보통 맛있는 게 아니었다. 특히 토마토를 다 먹고 나서 차가운 그릇에 남아 있는 즙이 정말 엄청났다. 토마토 씨 덩어리가 점점이 떨어져 있고, 진한 즙에 설탕은 미처 입자가 채 녹지 않아 서걱거렸다. 그걸 후루룩 마시거나 숟가락으로 퍼먹는 것이었다. 이게 먹고 싶어서 이번에 일부러 해먹어보았는데, 참 실망스러웠다. 엄마가 해주던 게 아니어서 그랬을까. 토마토가 바뀐 것일까.

토마토는 아메리카 땅에서 유럽을 돌아 우리나라로 들어왔다. 처음 토마토가 유럽에서 그랬던 것처럼 우리에게도 당시에는 관상용이었다. 붉은 열매가 탐스럽고 관능적으로 보였을 것이다. 그러니 처음에는 뭔가 불경하고 의심스러운 식물로 보다가 색깔과 모양이 예뻐서 나중에 관상용이 되었다. 먹기 위한 것은 아니었다.

유럽에서도 토마토가 광범위한 요리 재료가 된 건 19세기에 와서야 가능했다. 토마토가 요리 재료로 문서에 보이는 건 1839년의 일이고, 역시 나폴리 사람의 저서에서였다. 그러니까 피자의 역사는 오래되었지만 지금과 같은 마르게리타 피자(토마토소스에 모차렐라 치즈, 바질을 얹어 이탈리아 국기의 색깔을 상징하는 대표 피자, 한국에서도 인기다)가 나온 건 훨씬 후의 일인 것이다.

가을

토마토

다 같이 이 빨갛고 잘 익어서 단물이 뚝뚝
흐르는 좋은 토마토를 수월하게 먹고,
가져다 대는 이들도 이롭고, 땀 흘려 생산하는
이들도 기꺼운 것은 불가능한 일일까,
등에 땀이 배면서 든 생각이다.

먹고 싶은 마음을 어떻게 다 물리치나요?

방울토마토가 주로 하우스 안에서 자란다. 주황색과 붉은색의 대추토마토다. 더러 둥근 방울토마토도 있다. 시설 재배인데, 농사짓기 편하게 가지 정리가 잘 되어 있다.

"본디 불교에서 밥할 때도 다라니를 치면서, 기도를 하면서 한다고 하잖아요. 오욕락五慾樂을 멀리하자는 건 먹는 일에도 그대로 적용됩니다. 그러니 잘 먹자고 하는 일이 다 계율에 맞지 않고 도에 어긋나는 경우가 많아요. 지금 우리의 사찰음식이라는 게 그렇지."

고운 토마토를 보다가 이야기가 음식 짓는 덕의 문제로 넘어간다. 식욕을 억제하는 것이 기본적인 도라는 말씀, 그런데 먹고 싶은 마음을 어떻게 다 물리치나요.

"그것이 도를 이루는 데 기본적인 훈련이지요. 혀의 쾌락, 배를 채워서 얻는 쾌락을 조절하지 못하고 어떻게 도를 이야기하겠어요. 어리석은 일입니다."

나무관세음보살.

요즘 토마토는 날것에 뭘 좀 쳐서, 그러니까 샐러드 같은 걸로도 먹고 아니면 스파게티 소스로 먹을 수도 있다. 스님께 요즘 절에서 토마토로 만드는 요리를 여쭙자, 예상외의 말씀이 나온다.

"스파게티예요(웃음). 요즘 스님 되시려는 이들이나 스님이나 새로운 세대에서 오는 분들이잖아요. 스파게티를 좋아하세요. 물러서 생식하기 어려운 것들로도 스파게티 소스를 만드는 경우가 많습니다."

기왕 시장에서 사들인 토마토로 소스를 끓이자면 몇 가지 기술이 필요하다. 제철은 당연히 시장에서 싱싱하고 잘 익은 토마토를 사서 쓸 수 있다. 눌러봐서 말캉말캉한 게 소스가 잘 나온다. 단단하면 후숙해서 써야 한다. 후숙이란 건 별게 아니고 그저 상온에 두거나 햇볕에 놔두어서 익히는 걸 말한다. 먼저 그렇게 잘 익은 토마토 5킬로그램 정도, 다진 마늘 2큰술, 다진 양파 5~6큰술을 준비한다. 올리브유도 반 컵 챙긴다. 바질이 있으면 한 묶음 정도 준비하면 좋다. 이게 전부다.

먼저 토마토를 손질한다. 씨를 빼는 게 좋고, 아니면 그냥 쓴다. 주사위 모양으로 대충 거칠게 썬다. 곰솥 같은 걸 불에 올리고 센 불로 오일을 데워서 마늘과 양파를 볶는다. 곤죽이 되도록 볶는데, 마늘은 진하게 볶는다. 그다음에 토마토를 넣고 푹 끓이면 끝이다. 바질을 넣는 건 옵션이다. 토마토가 뭉근해지도록 처음에는 센 불로 하다가 중약불로 낮춰서 끓인다. 저어주면서 대충 1시간 정도 끓여서 처음 양의 절반이 되도록 졸이면 된다. 이렇게 끓인 소스는 잘 밀봉해서 냉동하면 두고두고 쓸 수 있다. 냉장 상태에서는 1주일 안에 소비하는 게 좋다. 냉장하려면 소금을 조금 넣어 간을 한다.

제철이 아닐 때도 토마토를 써서 좋은 소스를 끓일 수 있다. 방울토마토를 고르는 것이다. 이 토마토는 과즙이 달고 진한 편이어서 맛 좋은 소스가 될 확률이 높다. 흔히 방울토마토를 유전자 조작 토마토라고 하는데, 원래 토마토의 원산지인 중앙아메리카의 아즈텍 인들이 재배했다고 한다. 이 토마토는 갈아서 살짝 끓인 후 곧바로 즉석 토마토 소스를 만들어 먹어도 좋다. 아주 신선한 느낌이다. 여름에 모차렐라 치즈를 듬성듬성 썰어넣고 비비면 아주 색다른 파스타가 된다.

가을

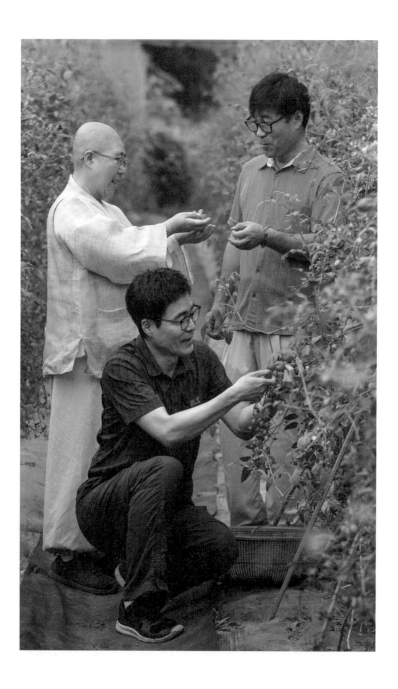

스님과 함께 토마토 따는 수고를 해본다. 밭이 잘 정돈되어 그다지 어려움이 없다. 잘 익은 놈들은 역시 다르다. 손을 대니, 툭툭 떨어진다. 우주만물의 이치가 여기에도 있다. 이런 토마토조차 일쩍 따서 퍼런 상태로 시장을 돌린다. 이래서야 우리가 우주 안에서 산다고도 못하겠다.

토마토가 제철에는 값이 아주 헐하다. 이 시장경제란, 값에 대해 누군가는 반드시 울게 되어 있다. 싸면 생산자가 힘들고 비싸면 소비자 대중이 어렵다. 다 같이 이 빨갛고 잘 익어서 단물이 뚝뚝 흐르는 좋은 토마토를 수월하게 먹고, 가져다 대는 이들도 이롭고, 땀 흘려 생산하는 이들도 기꺼운 것은 불가능한 일일까, 등에 땀이 배면서 든 생각이다.

"우주 사물이 다 약이고 음식입니다. 회광반조廻光返照라고 들어보셨지요. 언어나 문자가 아니라 마음속의 영성을 직시한다는 것, 음식을 만들고 먹는 일도 그 안에 있지 않겠어요. 잘 먹자고 하는 일들의 부질없음을 바라봐야 한다는 뜻이기도 하겠구요."

기왕 받은 음식 재료는 최선을 다해서 요리해서 복덕을 갖도록 하되, 꾸미고 더하는 일에 과장이 없어야 한다는 뜻이기도 하다. 영성으로 음식을 보는 일, 그것의 물질됨으로만 보지 않는 일.

스님이 장차 크게 여물 가능성이 없어 보이는 작고 푸른 방울토마토를 딴다. 뭐하시게요? 뭐 할 거 같아요? 간장에 넣어 장아찌를 만드신단다. 문득 스님이 흘리듯 하신 말씀, 되돌려본다.

"욕망 없이, 기왕지사 받은 것, 먹게끔 하는 일이 불성인데……"

내리쬐던 볕이 잠시 가리는가 싶더니, 기어이 소나기가 떨어진다. 마지막 더위인가보다. 멀리 산자락 위로 비구름이 두껍게 몰려온다.

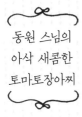

동원 스님의
아삭 새콤한
토마토장아찌

준비하세요
덜 익은 토마토 2kg, 간장 2컵, 식초 2컵, 설탕 2컵,
매실효소, 소금

이렇게 만들어요
1 토마토 꼭지를 떼고 깨끗이 씻어 체에 밭쳐 물기를
   뺀다.
2 냄비에 간장, 식초, 설탕, 매실효소와 물 2컵을 넣고
   끓인 다음 소금으로 간을 맞춘다.
3 밀폐용기에 토마토를 담고 끓인 간장물을 부어준다.
4 3일 정도 실온에 두었다가 간장물을 따라내고 끓여서
   다시 붓는다. 3일 정도 더 삭힌 다음 냉장고에
   보관하고, 먹기 좋은 크기로 썰어서 낸다.

161

tip 토마토는 색이 균일하고 단단하며 묵직한 것이 좋다. 토
마토가 익으면 위꼭지 부분에 노란색의 별 모양이 생기는데 이것
이 클수록 당도가 높은 편이다. 꼭지에 노란 별 모양을 확인한다.

가능한 한 붉은 토마토를 사랑하자
토마토는 냉장해두면 플라스틱처럼 맛이 없다. 가급적 서늘한 상온에 두었다가 말랑
해지면 냉장고에 넣고 가급적 빨리 먹는 게 좋다. 작은 상처가 있으면 곰팡이가 필 가
능성이 높으므로 도려내고 먹도록 한다. 시중에서 파는 토마토는 완숙 상태로 출하하
지 못하므로 맛이 없다. 붉게 잘 익은 토마토를 먹고 싶다면 인터넷 등에서 가능한 한
붉게 익힌 걸 보내주는 농민과 직거래로 사도록 한다. 소스용으로 쓰기 위해 많은 양을
구매하려면 농장을 방문해서 사는 것도 좋은데, 서울 근교는 퇴계원 등에 농장이 많다.

가
을

토마토

수수

빗자루 하려고 밭둑에 한 줄 심는 게 고작이었지

보 명 스 님 과 떠 난 수 수 여 행

흔히 괴산 땅은 산간이 많고 벼농사가 적어서 농부들 손이 더 거칠다 했다. 같은 충청도라고 해도 충주와 괴산 쪽으로 갈수록 등고선이 높아지고 색이 진해진다. 그러거나 어쨌든 달리는 길은 청량했다. 지중해의 그림 같은 날씨와도 바꿀 수 없는, 이 땅의 이 즈음 하늘이 그랬다. 깨질 것처럼 청아하고도, 공기는 신선하고 순한 즈음이다. 보명 스님(경주 보광사 주지)도 경주서 일찍 차를 몰아 바삐 달려오셨다. 함께 오신 눈 밝은 보살님들까지 한 부대部隊다. 농사짓는 경동호 선생이 환하게 맞아주신다. 합장과 합장. 나는 스님과 경 선생에게 각기 예를 올렸다. 스님께야 의당 올리는 불가의 예였고, 경 선생께는 이 수확의 주재자에 대한 또 다른 감사의 예였다.

얼추 익으면 툭툭 털어서 구워 먹던 간식

"아직 탈곡은 좀 있어야 해요. 올해 수수가 아주 좋습니다."

시원시원하고도 날카로운 눈매의 농민 경동호 선생이 설명한다. 수

가을

수수

수는 이르면 9월 중순부터 수확하는데, 아직 마지막 곡기를 알에 채우고 있는 중이다. 경 선생은 한살림의 생산자 회원이자 괴산한살림연합회의 회장이다. 우리나라 생협 운동의 중심에 있는 단체에서 일하는 것인데, 물론 그 일이란 게 농사요 농민의 일이다. 흔히 대처에는 '유기농 농작물'을 생산하는 것으로 일단 저명하긴 하다.

"유기농이 농약 안 쓰고 작물 기른다는 사전적인 의미는 맞습니다. 한 걸음 더 가서 보면 사람답게 농사짓고, 그걸 나눠 먹자는 뜻이기도 합니다."

불교의 처지에서 이 말씀을 듣자니, 올바름이 부처에 이른다. 부처께서 골고루 중생들이 옳은 것을 먹어서 세상이 다 이로울 것을 말씀하셨으니 말이다.

괴산은 산지가 우뚝우뚝하고 세다. 좋게 말해서 그렇고 옛날로 치면 농사짓기 어려운 곳이다. 쌀농사가 최고인데, 평평한 들이 적은 것이다. 헌데 우리가 들른 칠성면이 유달리 너르고 기름져 보인다. 뭐랄까, 말갛고 환한 얼굴의 들판이 품도 너르게 벌어져 있는 것이다.

"땅은 괴산서 아주 좋은 축이지요. 하지만 여기도 다 노인들이 많아요. 농사도 힘들지요. 환갑 넘은 제가 어린 축에 듭니다. 우리 마을은 사평리라고, 모래땅이 많았는데 원래 너르고 좋은 땅이었어요."

경 선생은 벼와 잡곡이 주 생산품이다. 먹고사는 농사 중에 가장 힘들고 '영양가 없다'는 그 농사다. 그것도 잡곡이 많다. 잡곡은 좀 힘든 일이 아니다. 이앙기다 콤바인이다 사람 손을 줄이는 농사가 전개되어온 벼와 달리 잡곡은 기계화도 거의 안 되어 있고 단위 면적당 수확량도 아주 적다. 게다가 돈도 별로 안 된다. 한살림 회원을 중심으로 잡곡에 대한 수요가 꾸준하게 늘고 있어서 그저 지키고 있는 농사이기는 하다. 나중에 누가 이 농사를 더 지어갈지 사실 앞이 캄캄한 일이라고 한다.

차를 타고 수수밭으로 간다. 가는 길에 논에는 피가 삐쭉삐쭉하다. 예전 같으면 남 보기 창피하다고 말끔히 피사리를 해서 없어질 것들이 꽤 보이는 것이다. 김매기할 인력이 없어 저렇다. 경 선생 댁 수수밭이 잘 정돈되어 키가 훌쩍하게 자라 있다.

"옛날에 누가 수수를 지어요? 그 정성 있으면 벼를 하지. 빗자루나 하려고 밭둑 같은 데 한 줄 심는 게 고작이었지요."

스님도 고개를 끄덕인다. 수수에 대한 기억이 한껏 일어난다.

"빗자루 묶는 게 일이었어. 그치. 알곡은 털어먹고 빗자루 묶고, 그때는 동물 털이나 수수밖에 방 빗자루 재료가 없었어요. 수수는 대단한 곡식이 아니었지. 얼추 익으면 다들 가서 툭툭 털어서 구워 먹곤 했어요. 간식이 없을 때니까. 먹고 나면 검불 탄 게 얼굴에 까맣게 묻었다고(웃음)."

경 선생도 옆에서 옛 기억이 나는지 함께 파안대소.

잘 자라라고, 나이만큼 꿰어 먹이던 수수경단

잡곡은 문자 그대로 벼가 아닌 다른 곡식류를 말한다. 보리, 조, 기장, 수수, 팥, 녹두, 메밀, 귀리, 옥수수에 콩이 그런 종이다. 밥에 두어 먹고, 각종 대체 곡물로도 쓰고 반찬도 했다. 잡곡이 없었으면 한반도에서 음

가을

수수

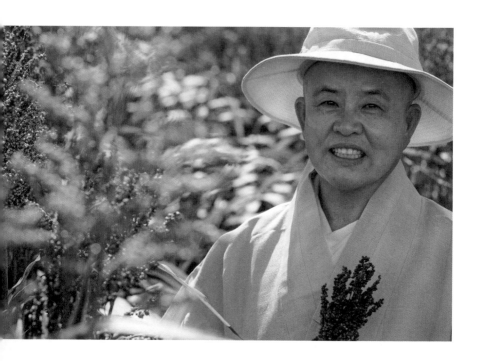

식다운 음식은 없었을지도 모른다.

"맞아요. 잡곡이 힘겨운 농사인데 저것들 없으면 우리 밥상에 올릴 게 뭐 있겠어?"

괴산은 우리나라 유기농 잡곡의 최대 산지이고, 그 혈맥은 경 선생이 이어왔다. 그의 수수밭에 오니, 옛날 장이머우 감독과 여배우 공리를 유명하게 만든 〈붉은 수수밭〉이란 영화가 생각난다. 그 장엄한 도입부만큼은 아니어도 붉은 수수가 도도하게 펼쳐져 있다.

"요새 수수는 작아요. 키를 왜소화시킨 거죠. 벼도 그렇고 키를 줄여서 수확을 늘린 거예요. 수수는 9월에 터는데, 대개 그 시기 전에 태풍

불고 그러잖아요? 키 큰 수수는 남아나질 않았어."

그렇다 해도 키가 제법 훌쩍하다. 참새 떼가 연신 몰려와 신이 났다.

"어, 별수 없어요. 머리가 얼마나 좋은데, 허수아비로는 턱도 없지(웃음). 알곡에 양파망 같은 걸 씌우기도 하는데, 저 많은 수수에 언제 씌워. 그 노동할 사람이 없어요."

수수는 붉다. 그 붉은 기운을 우리 민족은 상서롭게 봤다. 잡곡 중에 또 하나의 붉은색 팥을 함께 써서 멋진 음식을 만들어냈다. 스님의 수수팥떡. 수수밭에서 돌아와 경 선생의 부엌으로 가니, 벌써 익반죽으로 수숫가루를 치대고 계신다.

"붉은색은 액막이로 쓰는 것이고, 두 가지 붉은색의 곡물을 쓰니 액막이로 최고지. 그보다 실은, 맛이 좋아요."

스님이 새알만큼 떼어낸 수수 반죽을 금방 찌고 삶아서 팥고물을 묻혀낸다. 촬영은 뭐, 연신 사람들에게 권하느라 바쁘시다. 절에 딸린 수천 평 농사일까지 관장하고, 상좌들에 물릴 때가 지난 지금도 스스로 공양주로 갈무리에 나서는 스님의 마음이 여기 있다.

입안에 가득, 고물 묻은 수수팥떡 경단이 씹힌다. 구수하고 맛있다. 얼마 만에 이런 구수한 음식을 먹어보는지 모른다. 얄팍하고 온갖 양념의 맛으로 점철한 도시의 음식에서 내가 굴러왔던 시간들이었다.

"수수부꾸미도 많이 해먹었지. 수수깡 알죠? 안경 만들던 거. 수수를 우리가 꽤 농사 많이 지었던 거야."

스님의 말씀. 초등 시절, 학교 앞에서는 수수깡을 팔았다.

"그때 농가에서 그걸 내다 팔아서 수입을 좀 얻었어요. 요즘에야 장

가을

수수

수수와 농부

난감이 좀 많아? 수수깡을 누가 사가(웃음)?"

수수는 힘들게 거름 만들어야 하는 시비를 많이 안 해도 잘 자라는 고마운 곡물이다. 최소의 노력에 최대 생산으로 보답한다. 연속으로 지어도 잘 자라고, 따로 모종을 내지 않고 직파해버려도 쑥쑥 싹이 올라온다. 일손 모자라는 요즘 농업에서 이런 효자가 따로 없다. 더구나 국산 잡곡이 인기도 올라가니 더 다행스럽다.

"여기만 해도 고령 농민이 많아서 고추 농사조차 어려워요. 그걸 허리 굽히고 수시로 김매고 하기 어려워요, 유기농으로 하는 한에는. 그래서 수수가 너무도 고마운 거예요. 그냥 놔둬도 잘 자라니까 말이야"

수수는 원래 5월에 씨를 뿌리는데 올해는 가뭄으로 한 달이 늦어졌다. 6월 10일에 직파한 것을 10월에 수확한다고 한다. 스님과 함께 온 노보살님이 종자 삼는다고 밭에서 수수를 한 대 꺾어다 들고 계신다. 이놈은 벌써 알이 거의 다 찼다. 알곡을 씹어 먹어보니 구수한 곡물의 단물이 나온다.

"올해는 가물어서 파종을 제때 못했어요. 보식(추가로 더 심는 것)도 하고 아주 고생이 많았어요."

수수는 앞서 액막이로 먹는 고유 음식이라고 했다. 그것은 사람의 운명에도 작용했다. 백일잔치, 돌잔치에 놓는 수수경단이나 팥 음식이 그러했다.

"어려서 수수경단을 주는데, 참 특이한 풍습이 있어요. 생일날 해 뜨기 전 어머니가 꼬챙이에다 경단을 꿰 가지고 문구녕으로 들이밀어요. 자다가 들이미니까 얼마나 먹기 싫던지. 그걸 열 살 때까지 해주셨어요(웃음)."

스님이 거든다.

"그렇죠. 나이만큼 경단 만들어서(웃음)."

수수 만나고 오는 길, 설핏 꿈에 들다

괴산, 물 좋고 바람 좋은 땅에서 느릿하게 시간이 흘러간다. 모두들 평안한 웃음과 몸짓이다. 한 해, 농촌에 이런 여유가 어디 있으랴. 다 부처님의 공덕이다.

"잡곡은 이제 우리가 얼마나 할지 몰라요. 수입이 80프로입니다. 벼나 그저 하고 있을 뿐이죠. 이러다가 우리 잡곡은 다 사라져버릴 거예요."

그러면서 농담 비슷하게 하시는 말씀.

"어디 방송에서 수수니 뭐니 잡곡 같은 거 건강에 좋다고 한번 크게 나오면 좀 팔립니다. 몸에 좋다면 사지, 잡곡 쓰이는 용도가 많이 줄었어요. 수입 밀가루로 하는 온갖 음식이 넘쳐나니까."

스님이 고개를 끄덕인다.

"축서사 스님이 메주를 하시는데 그렇습니다. 수입 콩이랑 우리 콩이랑, 값이 한 가마니하고 한 말 턱이라고. 그렇게 가격이 차이가 나니 누가 우리 콩 가치를 알아준대도 값이 세서 어려워요. 참 힘든 일입니다."

관세음보살이 이 소리를 두루 들으시길 그저 우리는 빌고 있을 뿐이었다.

마을 탈곡 시설 앞에 작은 정자가 있고, 연못을 두었다. 거기 앉아 일행은 가을 온기를 몸으로 느껴본다. 보명 스님이 휴대폰을 꺼내 아이들 사진을 보여주는데, 눈이 크고 피부색이 까무잡잡한 인도 아이들이다. 십시일반으로 지은 학교에 이런 아이들 160명이 다니고 있단다.

연꽃이 피었다 지니 연밥 안에 연씨가 까맣게 다 익었다. 스님이 꺼내어 나눠주신다. 돌아오는 찻간에서 잠깐 꿈에 들었다. 그 연씨가 크게 크게 자라 우리 집을 가득 채우는 꿈이었다.

관세음보살.

가
을

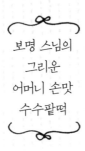

보명 스님의
그리운
어머니 손맛
수수팥떡

준비하세요
수숫가루 3컵, 찹쌀가루 3컵, 팥 2컵, 소금, 설탕

이렇게 만들어요
1 수숫가루와 찹쌀가루를 5:5 또는 7:3 비율로 섞어
   뜨거운 물에 익반죽한다. 소금 간을 하지 않은 가루일
   경우, 약간의 소금을 넣어 간을 맞춘다.
2 1의 반죽을 한입 크기로 떼어 동그랗게 경단을 빚는다.
3 끓는 물에 경단을 넣어 익힌 다음 찬물에 씻어 체에
   밭쳐 식힌다.
4 삶아놓은 팥을 으깨어 설탕을 섞어 팥고물을 만든다.
   팥고물을 묻힌 경단을 손으로 쥐어 고물이 떨어지지
   않게 해서 그릇에 낸다.

tip 수수와 찹쌀을 가루로 낼 때는 하룻밤 물에 담가 불렸다
가 방앗간에 가져가면 소금으로 간을 맞춰 빻아준다. 반죽을 미
리 만들어서 냉동실에 보관했다가 필요할 때마다 꺼내 써도 좋다.

가
을

수수

장

오랜 일꾼들은 스스로 된장이 되었다

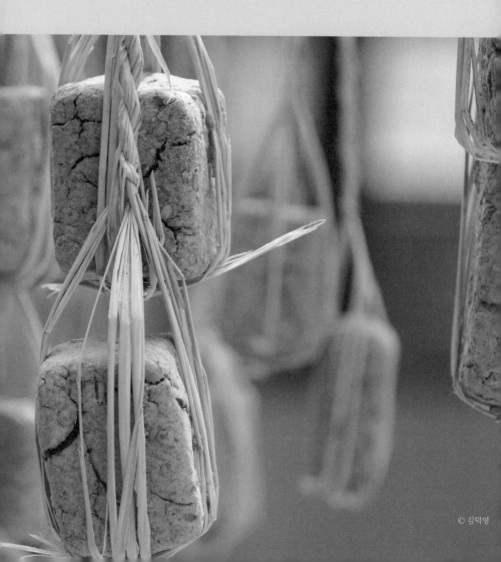

수 진 스 님 과 떠 난 장 여 행

안성이라 하여 차를 몰아가는데, 제법 골이 깊고 길이 멀다. 일죽면이
다. 우리가 아는 안성은 보통 경부고속도로 축선 옆으로 인식하고 있어
서울서 가깝게 여겨진다. 허나 깊고 먼 땅이 안쪽으로 너르게 펼쳐져
있는 곳이 안성이다. 그렇지 않고서야 임꺽정이 관군을 피해 그 대부대
가 은신할 수 있었겠는가. 그리하여 당도한 곳이 서일농원이다. 먼지 하
나 티끌 하나 없는 곳이다. 뭘 하는 곳인지 묻지 않아도 금세 알아챌 수
있다. 항아리, 항아리⋯⋯. 아마도 장안의 쓸 만한 독은 다 모아서 열을
지어놓은 듯하다. 절집으로 치자면 십만 대중을 건사해야 할 거찰에서
나 챙길 항아리 무리다.

●

좋은 청국장은 본래 냄새가 없다

"이기, 제가 하자꼬 해서 이리 된 기 아이고⋯⋯."

경북 영덕생, 서분례 원장은 맑고 수더분하다. 스님을 청하고, 스님께
예를 올린다. 정갈한 방에 앉아 먼저 백련뿌리차 한 잔씩. 그윽하다. 수

가
을

장

인사를 하는데, 서 원장의 오래전 모시던 스님과 수진 스님(서산 수도사 주지)의 은사 인연이 서로 겹친다.

"두 분이 도반쯤 되는 사입니다, 이런 인연이."

명주 스님이라고, 두 분이 다 아는 고승도 거론된다. 이내 화기가 도는 실내다. 최근에 서 원장은 국가로부터 명장 칭호를 받았다. 청국장 제조다. 담소 나누는 너른 방 이곳저곳에 축하 화분들이 놓여 있다. 우리는 청국장 얘기부터 나눴다.

서 원장의 청국장은 이른바 냄새 안 나는 청국장이다. 그런데 기능적으로 청국장의 효능은 살아 있게 만들었다. 청국장은 으레 냄새가 나야 좋은 것이라는 오랜 인식과 반대다.

"좋은 균이 죽으면 냄새가 납니다. 제 생각이 아니고, 여러 학자들과 과학적으로 실험해서 나온 결과입니다. 청국장은 살아 있는 균이 있으이께네, 그길 살려야 좋은 식품이지요. 살아 있으면 냄새가 안 납니다."

그렇구나. 우린 오랫동안 청국장의 냄새를 인위적으로 제거하는 데 애를 썼다. 맛은 좋은데, 냄새가 나서 문제라고들 했다. 그러자 냄새 없는 청국장은 효능도 없는 것이라고 반박했다. 이런 논란에 어떤 방점이랄까, 새로운 얘기를 여기서 수진 스님과 함께 듣고 있는 것이다.

뒷얘기지만, 스님과 여러 번 이 취재를 다니므로 중간에 공양을 하게 된다. 맛을 따질 겨를 없이 그저 주어진 대로 식사를 치르는 경우가 많다. 하동에 가서는 주인네가 스님께 올린 묵은 김치와 나물 두어 가지로 밥을 넘긴 적도 있다. 서일농원은 알려진 대로 식당이 있고, 공양이 훌륭하다 소문이 났다. 스님이 이것저것 재료를 보고 맛을 음미한다. 좋

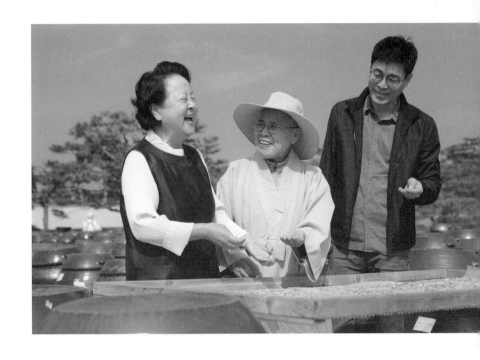

다고 하신다. 아마도 십수 번 이 취재 행차에서 각별히 속가의 공양이 입에 붙는다고 하신 건 처음인 듯하다.

"음, 맛있네. 이건 장에 조청을 넣어 쓴맛을 버리고 입에 붙게 했네. 음, 이 나물은 아주 잘 데쳤어요. 두부도 향이 있고 연합니다."

이런 식이었다. 채식으로 차려진 한 상에 손맛이 은근하고 깨끗하다. 자극적인 맛에 길들여진 시중의 입맛으로는 더러 밋밋하달 이 음식의 가치를 알아주신 게 스님이다. 실제 공양에는 청국장이 바글바글 끓여서 나온다. 공양받는 식당이 수백 명이 동시에 들어갈 곳이니, 모두 청국장을 먹고 있는 셈인데 냄새는 전혀 맡을 수 없었다.

가을

"좋은 균이라도 죽으면 냄새가 납니다.
청국장은 살아있는 균이 있으이께네,
냄새가 안 납니다."

노랗게 잘 익은 된장이 촉촉한
윤기를 머금은 채 속살을 드러낸다.
스님이 아, 하시더니 한 점 떠서
드신다. 맛있어, 잘 익었어.
그러고는 "고마워" 하신다.

"보건복지부에서 기능성 식품이 된 기 그런 이유지요. 냄새 안 나게 하고, 그기 오히려 유효 성분이 그대로 살아 있고 하이께네."

그것은 영하 50도 급랭법이었다. 그는 이런 결과를 모두 공개한다. 영하 50도로 급랭을 했더니 균이 죽지 않고, 그러니 또 냄새가 나지 않는 결과를 가져왔다. 영하 50도, 그 극한의 한계에서 살아 있는 콩의 균은 놀랍다. 세계적으로 널리 먹는 음식 가운데 이 나라의 토종인 것은 아주 드물다. 그중에 바로 콩이 있다. 만주와 파주 등 콩의 반도 토종설을 증명할 여러 가지 근거가 있고, 국제적 공인을 받았다. 그 콩이, 그리하여 장을 담그는 오랜 역사가, 서기 2천 년이 넘어 비로소 급랭을 통해 다른 경지를 열어가고 있는 것이다.

● 황금으로 가득한 항아리들

서 원장이 스님을 모시고 장을 담가둔 장독대(이렇게 어마어마한 항아리의 군집도 결국은 다른 이름 없이 장독대다, 정겨운 이름)로 간다. 담근 날짜가 일일이 기록되어 있다. 이런 항아리가 2천5백 개가 넘는다. 10년이 넘은 장이 있다. 뚜껑을 여니, 레이스 달린 보가 씌워져 있다. 과거 디자이너 하던 솜씨를 살려 일일이 짜서 만든 레이스라고 한다. 하나를 보면 열을 아는 법. 장이 익어서 어둡고 그윽한 색을 낸다. 그것을 파내자, 모두들 탄성! 노랗게 잘 익은 된장이 촉촉한 윤기를 머금은 채 속살을 드러낸 것이다. 스님이 아, 하시더니 한 점 떠서 드신다. 맛있어, 잘 익었어. 그러고는 "고마워" 하신다. 무엇에 대한 감사인지 굳이 여쭐 필요가 없겠다. 장을 익혀준 세월, 그것을 만든 대중의 공, 그리고 지금 이 순간.

"저는 살림이 크지 않고, 또 손이 없어서 이렇게 오래 장을 건사하고 그러지는 못해요. 참 수고 많이 하셨습니다."

스님이 합장하여 인사를 한다. 일가를 이룬, 노력과 인내의 한 인물에게 보내는 헌사다.

서 원장이 너른 땅 3만 평에 완벽하다 할 농원을 지은 건 완벽한 계획에서 시작한 바가 아니었다. 본디 그이는 여행사를 운영했다. 돈도 좀 벌었다. 그이의 숙원 중 하나는 양로원이었다. 아는 보살이 좋은 곳이 있다고, 양로원을 하시라고 땅을 하나 소개해줬다. 공매公賣 넘어가는 땅이었다. 그곳이 바로 지금 농원의 시작이다.

"1982년 일인데, 안성이라고 해서 지척인 줄 알았는데 멀어. 5천7백 평이더라꼬. 와보이께네 과일나무가 많고 조용해서 나중에 돈 생기모 양로원 하면 되겠다 했지. 그래서 덜컥 산 겁니다."

주변에 과수원 가진 이도, 논 가진 이도, 산 주인도 그이에게 땅을 사라고 했다. 붙어 있는 땅이라 그러마고 하나씩 사다보니 기어이 3만 평의 거대한 대지가 되었다. 당장 뭘 할지 자세한 계획도 없었다.

여행사 일로 일본을 자주 갔다. 당시 카페리를 빌려 선상에서 인기 가수 공연도 하는 프로그램이 있었는데 아주 인기가 좋았다. 조용필을 불러서 할 만큼 행사가 컸다. 그렇게 다니러 간 일본에서 콩 기르는 방법을 우연히 배운다. 순 자르기인데, 그것을 통해서 콩의 수확을 크게 늘리는 법이었다. 너른 땅에 콩을 길렀다. 팔려고 보니 애를 쓴 노고에 비해 값이 헐했다. 그럴 바에는 차라리 내가 된장을 만들자, 여기까지 생각이 미쳤다.

"가마솥 두 개를 샀어요. 땅만 넓지 아무것도 없던 곳이라 이곳이."

배추밭 옆에 솥 두 개를 걸고 콩을 삶았다. 겨우 서너 가마분 되는 적은 양이었다. 항아리가 독 있다는 말이 돌던 때라 좋은 옹기를 사러 남원까지 갔다. 거기서 30개를 사서 올라온 것이 지금 서일농원 된장의 시작이다. 1백 개, 다시 2백 개, 항아리가 늘었다. 농사도 커졌다. 친구가 내려와 된장을 얻어갔다. 돈 10만 원을 받았다. 첫 판매의 시작이다. 그렇게 농원은 성장했다.

"참 별일이 다 있었어요. 〈체험 삶의 현장〉인가 하는 프로가 있었는데, 여길 온다는 거예요. 강부자 씨 오신다면 한다꼬 했지요. 그랬더니 진짜 모시고 옵디다. 된장 담그고 뭐 이런 노동을 하고. 돈 벌어 양로원해야 하는데 이래갖고는 언제 하나, 해서 직접 된장을 팔러 다닌기라. 휴게소 가서 마이크 잡고 된장을 팔고 그랬어요(웃음)."

그의 말대로 '된장 아지매'의 탄생 설화(?)다.

●
묵어서 다 좋은 건 아이고, 잘 간수하고 다뤄줘야
앞서 스님과 공양한 식당 이름이 '솔리'다. 서 원장은 소나무를 아주 좋아한다. 농원 구석구석에 좋은 소나무가 심어져 있다. 다 사연이 있다. 수몰지역에 가서 생명을 다할 소나무를 가져온 것이다. 어쩌면 그이가 양로원을 하겠다는 오랜 꿈도 소나무의 사연과 닮은 것 같다. 스러져가는 것들에 대한 애정, 그것들을 거두어 윤기를 입히고 살 만하게 만드는 일. 된장이 바로 그런 일이기도 하다. 처음 몇 가마의 콩을 수확했는데, 막막하던 그 '별 볼일 없는 곡식'이 삶고 저장하고 익히면서 쓸모가 가득한 음식이 된 것이니까.

사람을 보는 서 원장의 시선도 그러하다. 농원에 들르면 아주 익숙한 서비스와 안내를 받게 된다. 직원의 다수가 노인이다. 오래 다녔다는 뜻이다. 주인이 덕이 있어야 일하는 이들도 오래 붙어 있다. 그건 만고의 진리다. 그리하여 이 농원의 오랜 일꾼들은 모두 스스로 된장이 되었다. 서 원장은 그렇다면 묵은 장이다.

"묵어서 다 좋은 건 아이고, 잘 간수하고 다뤄줘야 하지요. 잘못하면 못쓰게 베리뺍니더. 살면서 얻은 교훈이지요."

언뜻언뜻 던지는 투박한 사투리와 된장의 기운이 서로 얽혀들어간다. 다시 '항아리밭'이자 '된장밭'으로 스님과 걷는다. 저 항아리 안에서 장이 저마다 참을성 있게 용을 쓰기도 하며 더러는 느긋하게 숨 쉬며 맛을 기다린다. 기다리고 기다린다. 세월은 그래서 맛이라고 바꿔 말할 수도 있겠다.

"아이고, 좋아요. 장과 사람이 다 같은 것이여. 제 몫을 하는 것이 최고여."

스님의 한마디. 오래 귀에서 울렸다.

가
을

장

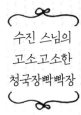

**수진 스님의
고소고소한
청국장빡빡장**

준비하세요

청국장 150g, 배추 속 1/4개, 두부 1/3모, 청·홍고추
1개씩, 들기름

이렇게 만들어요

1 청·홍고추는 씨를 빼고 곱게 다진다. 배추 속은 흰
부분을 빼고 노란 부분만 다져놓는다. 두부는 물기를
짜서 으깬다.
2 냄비에 들기름 한 숟갈을 두르고 다진 배추 속을 볶아
달큰한 맛을 낸다.
3 청국장을 골고루 풀고 다진 고추를 넣어 볶는다.
4 3의 반을 덜어내 그릇에 담고, 남은 재료에 두부를
넣어 볶으면 두 종류의 빡빡장이 된다. 밥에 넣어
비비거나 쌈장으로 낸다.

189

잘 익은 된장은 황금색이 아닌 곶감색이 난다. 된장을 오래
끓이면 떫은맛이 나므로 된장을 끓일 때는 재료를 먼저 익히고 나
서 된장을 넣는다. 무침에는 참기름이 어울리고, 볶거나 불에 올려
요리할 때는 들기름을 쓰면 더욱 맛이 좋다.

가을

포도

마지막 가을볕은 포도를 위해 베푸소서

성 환 스 님 과 떠 난 포 도 여 행

남원에는 초고속열차KTX가 선다. 용산에서 두 시간 남짓, 해발고도가
높아지는 느낌이 난다. 열차가 멈추어 서고 역 바깥으로 이미 준수한
산들이 어깨를 뻗고 있다. 백두대간과 지리산의 중후장대한 뼈대에 깃
든 땅이 남원이다. 지리산을 등반하려는 사람들은 대개 남원 아니면 구
례 쪽에서 숨을 고르고 산에 오른다.

낮엔 덥고 밤엔 서늘한 그곳, 포도가 참 고생하며 자란다

약속한 최재용 농민의 포도밭까지는 기차역에서도 한참 간다. 지도를
보니 남원시에서도 가장 동쪽, 함양과 붙어 있는 땅이다. 모르긴 몰라
도 산맥을 넘으면 경상도 사투리를 쓸 것이다. 남원시 아영면의 지리적
입지다. 아영면은 전형적인 농촌이다. 과거 벼농사도 지었지만 이제는
과수 재배와 특용작물, 축산 등이 많다. 이 면의 명물로 등장한 포도 재
배도 불과 15~16년밖에 안 된 신참내기다. 벼농사의 대체로 시작했다
고 한다. 관에서 소비가 줄고 수매가도 오르지 않는 벼 대신 고소득 작

가
을

물을 권장했던 바다. 취재팀이 모는 승합차는 엔진 출력을 높여야 했다. 고도가 올라가고 있었다. 해발 450미터 이상 되는 준고랭지다. 귀가 조금 먹먹해진다. 고도의 감이 온다.

최재용 농민이 맞아준다. 너르고 잘 정돈된 포도밭이 보인다. 철골 구조로 튼튼하게 만든 포도밭에서 10년생 포도가 자라고 있다. 포도송이가 까맣고 윤기가 흐른다. 똘망똘망한 어린 짐승의 눈동자 같다.

"지금은 낮이라 덥지만 밤이 되면 요즘 같은 폭염에도 이불을 덮어야 합니다. 밤낮의 기온 차가 크기 때문이지요."

산에 사는 사람의 느낌이 나는 최 농민의 모습이다. 단단하고 든든하다. 우리 스님과 반갑게 인사를 나눴다. 스님의 도량도 남원이니, 아주 제대로 만났다. 지난 얘기지만, 이달의 작물로 포도를 고른 우리는 아무 개 지역을 먼저 생각했다. 포도로 유명한 곳이다. 성환 스님께서 남원에 은거하시니, 외려 남원 포도의 명성을 일러주셨다. 멀리 갈 것 뭐 있습니까, 남원에 요새 포도가 얼마나 좋은데.

사실 우리도 잘 모른다. 대처의 소비자들도 남원 포도를, 그 지역 출향 인사 말고는 잘 알지 못할 것이다. 놀라운 건 품질이다.

"밤낮의 기온 차가 크다는 건 과일의 맛에 큰 영향을 끼칩니다. 낮에 햇살을 충분히 맞고, 밤에는 낮은 기온에 그 영양을 응축합니다. 과일이 더 달아져요. 맛의 균형도 중요한데, 신맛이 밑을 받쳐주고 달콤한 맛이 올라가니까 만족감이 더 높아져요. 그게 아영 포도입니다."

자부심이 대단하다. 실제로 유럽의 수십, 수백만 원짜리 와인을 만드는 포도는 이런 기후가 많다. 낮에는 덥고 밤에는 서늘하고. 이곳 아영은 4월에도 눈이 오기도 하는 등 전형적인 산악 기후다. 포도가 참 고생하며 자라겠다 싶다.

●
걱정이 왜 없겠어요, 웃고 사는 거지요

포도 하면 꼭 생각나는 장면이 하나 있다. 어린 시절이다. 그때는 포도라면 늦여름 파장에 나오는 과일이었다. 참외나 수박도 다 들어가고 복숭아와 함께 여름의 대미를 장식하는 과일이었다. 늦여름 시장에 가면 포도의 향과 복숭아가 뿜는 달콤한 향이 어우러져 정신이 어질어질했던 기억이 난다. 시장 노점의 과일전 앞은 지나가는 일이 고역이었다. 그 미칠 것 같은 유혹의 향, 한입 베어 물고 싶은 수밀도와, 꼬리뼈가 쭈뼛거릴 정도로 방향芳香이 뛰어난 포도 무더기! 어머니가 어려운 살림에 어쩌다가 한 상자 사들여서 포도 잔치를 벌이는 바람에 나의 여름 유년 추억은 황홀한 냄새로 가득 차 있다.

성경에서 선악과는 대개 사과처럼 묘사된다. 중세에 그려진 수많은 그림 속에서 선명하게 사과의 모양을 띠고 있다. 그런데 성경에서 가장 즐겨 다루는 과일은 포도다. 심지어 예수는 자신을 포도나무에 비유한다. 포도주는 곧 그의 피를 상징한다는 건 널리 알려진 이야기다. 포도는 단순한 과일을 넘어서 유럽에서 생명의 나무, 영속성과 은혜의 과일로 설명된다.

포도가 놀랍다는 것은 척박한 땅에서도 잘 자라는 과일이라는 점이다. 너무 비옥하고 날씨가 좋은 곳보다는 뭔가 불균형한 기후가 좋은

가을

포도를 만들어낸다. 결핍의 땅에서 잘 자란다. 최고급 포도는 포도나무가 치열한 생존 의지를 가진 거친 땅에서 만들어진다. 지리산 백두대간 밑 거친 산악 지형에서 자라는 이 포도의 힘을 알겠다.

스님과 팔을 걷어붙이고 포도를 딴다. 잘생긴 놈은 대중에게 양보하고 못생기고 덜 열린 것들이 스님의 공략(?) 대상이다.

"저런 게 원래 더 맛있어요. 스님이 잘 아시네요. 그러나 상품성은 떨어져요. 도시 사람들은 송이가 우람하게 크고 잘생긴 것에 돈을 내니까요. 보세요, 이건 포도 알맹이가 스무 개도 열리지 않았네요. 원래는 상품가치가 떨어지니까 솎아내는데 상당수는 놓아두었어요. 이런 포도는 영양을 적은 수의 알맹이가 나누니까 더 달고 맛있어요."

스님이 못난 포도만을 담는 이유다. 스님 도량에 오는 신도들에게 나누고 공양할 것들이다. 하나씩 따다보니 두 상자가 훌쩍 넘는다. 최 농민은 상자당 5킬로그램이라는 기준보다 훨씬 더 푸짐하게 담긴 상자에도 빙그레 웃을 뿐이다. 저 포도가 어떻게 쓰일지 아시는 것일 테다.

스님의 오늘 요리는 포도 송편이다. 송편은 온갖 고명을 다 넣는 별난 민족 음식이다. 만두에 들어가는 재료는 대개 뻔하지만, 송편은 더 열려 있다. 깨, 콩도 모자라 과일도 넣을 수 있는 게 송편이다.

최 농민은 올해 귀농 10년 차다. 노부모님이 농사짓고 있었는데 도시생활을 청산하고 귀향했다. 그는 소도 많이 치고 마을 이장도 맡고 있다. 드물게 40대 이장이 있는 동네다. 활기 있는 동네라고 보면 틀림없다.

"걱정이 왜 없겠어요. 웃고 사는 거지요. 올해 포도 작황이 20퍼센트

가을

는 늘 겁니다. 큰물(홍수)이 없었고, 마른장마에 태풍만 피하면 대풍이에요. 그러니 당연히 값이 떨어집니다. 올해 당도가 17 이상 20브릭스까지 나올 것 같아요. 놀라운 당도예요."

몇 알 입에 넣어본다. 꿀을 머금은 것 같다. 엄청나다. 보통 이런 고당도 포도는 서양에서 고급 와인을 양조할 때나 쓰는 종류다. 생식용 포도로는 말도 안 되게 달고 진하다. 아직 포도가 다 농익기 전의 8월 중순(취재 당시)인데도 그렇다.

"송이가 넓게 퍼져 있는 포도가 달고 맛있어요."

과연 그렇다. 송이 사이에 공간이 있어야 볕이 잘 드는 까닭인 듯하다. 스님은 한 알씩 드시면서 연신 "아 달다, 이 포도 정말 좋다"고 하신다.

"지금부터 수확을 해서 추석 전에 끝나지요. 아무래도 추석이 큰 시장이니까 그때 물량이 많이 나올 거예요. 저희 포도는 이미 농익은 것이 생겼고, 순차적으로 수확을 할 겁니다."

최 농민의 포도 재배법은 특이하다. 보통 송이당 알맹이가 백여 개 생기는데, 일일이 손으로 솎아내기를 한다. 30개를 솎아낸다. 남원시 농업 담당에서 권장하는 방법이기도 하다. 솎아낸 놈들에 갈 뻔했던(?) 영양이 70개의 알맹이로 골고루 더 들어간다. 그러니 포도 맛이 좋을 수밖에.

이 지역의 포도 이름은 아영 흥부골 포도다. 남원은 흥부가 실재했던 고장으로 알려져 있다. 최 농민의 포도밭은 딱 한 그루당 가로세로 2미터 70센티미터짜리 공간을 갖는다. 여유 있게 양분을 빨아들인다. 4, 5, 6년차 어린 포도가 생산량이 많으니까 15년 정도 나이 들면 도태

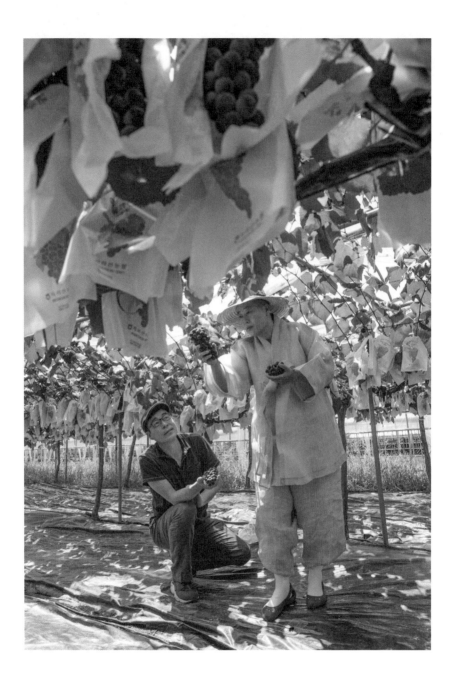

시키는 경우가 많다. 늙은 포도나무는 포도를 적게 매단다. 그러나 원숙한 맛을 낼 것이다. 포도와 과일 재배의 패러다임이 바뀌면 늙은 포도나무에서 딴 과일이 더 각광받을 수도 있다. 부드럽고 여유 있는 맛을 낼 테니까.

이곳은 비가림만 하고 가온 재배는 하지 않는다. 가능한 자연적인 조건에서 길러낸다. 나무 한 그루에 30~50송이의 포도가 열린다. 같은 어미에서 포도의 생김새가 다 다르다. 그래도 어미가 길러낸 것, 어느 하나 허투루 쓰는 법이 없다. 그게 농민이고 그걸 먹는 우리의 태도다. 팔고 남은 포도는 즙으로 가공되어 누군가의 건강에 보태는 음료가 된다. 그리고 다시 포도 농사를 준비한다. 겨울에 이미 준비하는 것이 바로 포도 농사니까.

●
여름의 끝, 우주의 섭리대로 다시 만나면 될 일

최 농민은 다른 농민처럼 포도송이를 종이로 싼다. 상품가치를 유지하기 위해서다. 그대로 노출하면 햇빛을 받아 얼룩이 생기고, 맛이 더 좋다. 그러나 얼룩이 께름칙한 소비자는 외면한다. 이런 건 널리 알려서 종이 싸기 같은 걸 하지 않아도 소비자들이 알아주었으면 한다. 오직 모양으로만 보고 과일을 고르는 것, 그것은 사람을 생김새가 아니라 마음으로 봐야 한다는 불가의 뜻에도 거스르는 일이다.

포도송이의 알맹이를 하나 뽑았다. 빨갛고 예쁜 순 같은 것이 나온다. 포도가 잘 익었다는 증거다. 하늘은 가을처럼 높고 푸르다. 폭염 따위, 견뎌내는 일이 우리의 몫.

스님과 차를 몰고 나왔다. 순하디순한 콩국수를 한 그릇씩 말아 공양했다. 스님의 도량으로 향한다. 시원한 것을 내시는데, 포도주스다. 매번 직접 끓여서 식혀 보관하고 있다가 이렇게 주스로 내신다.

"은사스님께도 많이 해드렸어요. 늦여름이면. 좀 못나고 그런 포도를 사다가 쓸모를 만드는 거지요."

그렇게 만들던 습관이 이어져 지금도 저장해놓는다고 한다.

"물은 절대 섞지 않고 뭉근한 불에 올려놓으면 즙이 나와요. 푹 끓여서 체에 올려놓으면 일부러 거르거나 하지 않아도 즙이 다 빠져나옵니다. 자연스럽게 주스가 되는 겁니다."

서양식 조리기술도 응용하신다. 유리병에 담아 열탕 소독을 하는 것이다. 그렇게 하면 1년도 보관이 가능하다. 그러고는 다음 해 포도를, 우주의 섭리대로 다시 만나면 될 일이라고. 스님의 포도주스는 신맛이 없는데 이유가 있다. 주스 밑에 가라앉는 앙금이 바로 신맛을 내는 주요인이란다. 그걸 제거하면 담백하고 부드러우면서 단 주스가 된다.

스님이 일행을 위해 미리 만든 포도 양갱도 내어주신다. 만복滿腹이다. 그건 마음으로 먼저 불러온 것이기도 하다. 아쉬운 작별, 여름이 끝이구나, 산자락에서 시작된 바람이 슬며시 우리 얼굴을 스치고 지나갔다. 스님과 쌓은 인연의 시간이 정수리에 지긋했다.

가을

성환 스님의
송알송알
포도 송편

200

<u>준비하세요</u>

멥쌀가루 300g, 포도 140g, 볶은 참깨 50g, 설탕 25g,
소금·참기름·솔잎 약간씩

<u>이렇게 만들어요</u>

1 쌀은 씻어서 6시간 정도 불린 후 소금을 넣어 빻는다.
   포도는 알알이 깨끗이 씻어 물기를 빼고 냄비에 넣어
   약한 불에서 푹 끓인 후 체에 걸러준다.
2 쌀가루에 50~60도의 포도즙을 조금씩 넣으며
   반죽한다. 송편소는 참깨에 설탕과 소금을 넣어
   믹서에 갈아 만든다.
3 쌀가루 반죽을 한입 크기로 떼어서 송편을 빚는다.
4 빚은 송편을 솔잎을 깔고 20~25분 정도 쪄낸 후
   참기름을 바른다.

201

tip 송편 반죽은 질수록 만들기는 어렵지만 맛은 더 좋다. 반
죽은 50~60도 정도의 물로 익반죽해야 익혔을 때 터지지 않고
식감도 쫄깃하다. 쌀을 불릴 때 포도즙을 넣으면 색이 더 고운 송
편이 된다.

가
을

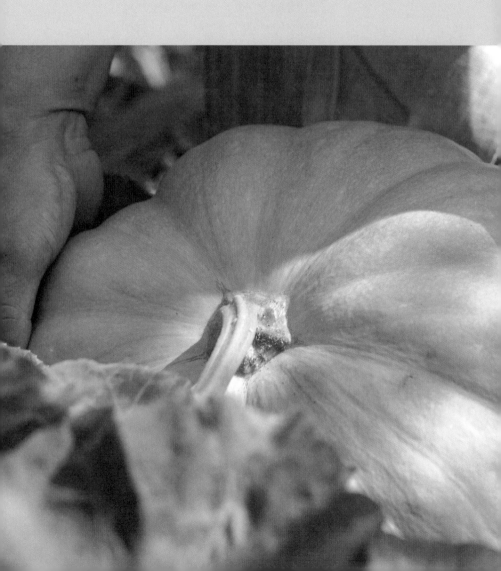

늙은
호박

어디 한구석 표 나게 잘난 맛은 없어도

보 명 스 님 과 떠 난 늙 은 호 박 여 행

〈불광〉취재 차량(승합차)을 어언 2년 얻어타고 다녔다. 팔도에 안 가본 데가 드물다. 그 공덕이 여간 아니다. 비록 사람이 몰아야 동력에 힘을 내는 기계일 뿐이지만 다만 그게 전부는 아닐 거라는 마음이 피어나는 것이다. 사진 찍는 최배문 기자에게도 송구한 일이다. 매번 옆자리에 앉아 안전띠나 여미고 나면 달리 할 일이 없어지고 마니까. 오늘도 신경주역으로 마중 나온 우리 취재 차량을 얼른 알아본 건 마치 멀리서 식구 뒤통수만 봐도 아는 것과 흡사했다. 묵묵히 바퀴를 굴려 몰아가는 곳으로 향하는 이 차량에게 잠시 감사의 마음을 얹는다.

아아, 정말 잘 먹은 밥이었어

내비게이터를 켜고 스님 계신 보광사로 향하는데, 점점 공기가 짙어진 달까, 그래 그것이다. 바로 산중 냄새다. 화면은 그저 파란 산속으로 난, 한 줄기 끊어질 듯한 소로小路 한 자락만을 보여주고 있다. 깊이 계시는 구나. 송구하게도 공양 시간 딱 맞춰 들이닥친 우리다. 절 올릴 틈도 없이 상을 받는다. 여담인데, 이 상을 마음속에 단단히 찍어두었다. 너무도 조촐했고, 참으로 덕 있는 상이었기 때문이다. 오랫동안 분칠한 듯한 판매용 음식에 시달린 혀가 깨어났다. 다녀와서 아내에게 차린 상을 그대로 읊었다. 어디 가서 비싼 밥 아니 얻어먹어 본 일이 없는 것도 아니었으나, 한 번도 그걸 되새겨본 적도 없는 나였다. 그러나 보광사 보명 스님의 상은 내 각막에 그대로 상像으로 맺혔다. 아내에게 했던 호들갑을 옮겨본다.

204

"글쎄, 절밥다운 공양을 했어. 고추나물에 깻잎장아찌, 콩잎절임에 매실장아찌, 김치와 묵은지가 하나였어. 밥이란 뭔지 한소식을 보여주시더군. 아아, 정말 잘 먹은 밥이었어. 오래도록 그런 밥을 언제 또 먹겠어."

국을 빼놓았다. 늙은 호박을 썬 듯 만 듯, 요리한 듯 아닌 듯, 고수인 듯 하수인 듯 국에 들어가 있는데 그 깊고 그윽한 단맛과 소금 맛이 기묘한 조화를 이루었다. 호박이라면, 나는 본디 고개를 절레절레 젓는 쪽이다. 어려서 인분 거름 준 호박 구덩이에 한 발 푹 빠진 이후로 그런 것 같기도 하고, 어디 한구석 표 나게 잘난 맛이 없는 호박의 본성이 그다지 다가오지 않았던 까닭이기도 하다. 생각해보면, 이건 스님의 공양 정신을 슬며시 보여주는 그림자 같기도 한 상이었다.

"호박이 말이오, 이봐요, 거사님. 이거, 이걸 봐요. 호박이 저절로 자라는 줄 알지요? 나도 그랬어요. 호박 따위야 제힘으로 자라건 말건 그랬어요(웃음). 보세요, 여기 잔뿌리, 아이고 이 가을에, 서리가 머지않은 때 저 살겠다고 실뿌리를 내잖아요."

공양 후 스님이 일군 밭에서 나눈 대화에서 가장 기억에 남는 대목이기도 했다. 무심한 듯 보이는 모든 존재가 실은 보이지 않는 곳에서 악착같이 제 몫을 다하는 일, 스님은 그것을 초발심이라고 했다.

"이 하얀 민들레, 보세요, 여린 잎을 피웠어요. 가을인데……."

가을인데, 다 저무는 가을인데, 저 일체중생은 왜 살겠다고 뿌리를 내고 싹을 돋우는지. 다시 밥상으로 생각이 저대로 돌아가 쌉쌀한 여운을 남긴다. 스님의 늙은 호박국에 딱 한 점 들어 있던 작고 매운 풋고추 조각 때문이었다. 점을 찍듯이, 덤덤한 국과 건더기 위에 조촐하던 풋고추의 매운맛이 다시 혀에서 돋았다. 우리는 그저 살아내는 것인가. 살아냄으로써 다시 무엇을 이루려는 것인가. 작은 고추 조각 한 점이 그 느른한 마음을 찌른다.

"이 음식이 어디에서 왔는가. 내 덕행으로 받기가 부끄럽네. 마음의 온갖 욕심 버리고 육신을 지탱하는 약으로 알아 깨달음을 이루고자 이 공양을 받습니다."

공양 상 받아놓고 외던 스님의 또박또박한 오관게五觀偈가 예사롭지 않았던 건 내 마음 때문이었겠지만, 다시 삶을 들여다보게 된다.

호박 따위야 제힘으로 자라는 줄 알았건만

스님의 밭은 경사진 언덕에 차분하게 치맛자락을 펼쳤다. 군데군데 호박이 늙어 수확을 기다린다. 모종과 어린잎, 늙어서 쇠한 작물의 마지막 흔적 같은 것이 혼재되어 있다.

가을

늙은
호박

"고추 농사를 올해 잘 지었어요. 2월에 씨 뿌리고 4월에 모종 내고 할 일이 참 많은 작물이지."

스러져가는 고추밭에서 스님의 말씀이다. 스님의 손이 거칠다. 농사 짓는 손이라 그렇단다. 외람되지만, "비구니 손이 이렇게 크고 거칠어서 원" 하고 농담도 하신다. 고추 얘기 좀 더 해주세요.

"고추 농사 어려운 건 다 알지요. 기후 영향이 많아서. 그래도 돈 되니까 농민들이 짓느라 고생 많아요."

스님이 고추 하나를 들고 배를 가른다. 노란 씨가 가득하다.

"고추 하나 얻어서 씨 심으면 백 개 이상 모종이 나오겠지요. 산술적으로. 허나 그게 다 고추가 되지는 않아요. 우리가 죽어서 다시 사람 몸을 받는다는 건 보통 인연이 아닌 것이지. 내 몸을 안다는 건 그래서 비상한 일이야, 정말 대단해요."

영원한 것은 없어요, 라고 말씀을 닫는데 나는 그것을 무진無盡으로 들었다. 유한한 것과 무진의 이율배반, 우리가 살아가는 건 어쩌면 이 불가해의 늪에서 뚜렷하게 무언가를 보는 일이 아닌가 싶었다.

"그렇지, 그래서 우리가 고추씨처럼 덕을 주는 존재가 되어야겠다, 그런 마음이 있어요."

농사의 어려움, 삶의 진력. 콩 심으면 처음엔 노루가 싹을 뜯고 알이 익으면 새가 와서 쪼고, 다시 노루가 와서 콩밭을 밟고. 그게 농사라고 하며 웃으신다.

마침 호박을 딸 때가 되어서 울력하듯 하나둘 커다란 호박을 꺾었다. 호박 줄기에서 뚝, 하고 꺾어야 호박이 떨어진다. 묵직한 놈과 가벼운 놈, 잘생긴 놈과 못난 놈, 골이 깊은 놈과 얕은 놈 다 제각각이다.

"출가해서 어느 날 사숙스님이 호박 중탕을 해주시는 거예요. 속을 파내고 대추와 꿀을 넣어서 가마솥에 이렇게 걸쳐서, 천천히 중탕을 해서요. 물을 걸러내요. 맑으면서도 진해요. 그걸 먹고 지친 몸에 기운을 차렸지요. 늙은 호박의 참된 맛을 그렇게 안 거지. 따로 산모한테 좋다던 말도 흔한 민가의 얘기이고, 약 안 치고 잘 기른 호박은 병을 고쳐요."

호박을 원래 큰마음이 있어서 심은 것도 아니었다. 넝쿨을 지어놓으면 잡풀들을 좀 제압해주려니 하고 기르신 거란다. 그런데 막상 풀어놓고 보니 그것도 아니었다. 손길 안 닿는 작물이 없다는 말씀.

"잡초라고 부르는 풀이 정말 대단해요. 호박이 꼼짝을 못해요. 저 들판에 던져진 삶이니 얼마나 악착같겠어요. 우리 삶도 좀 그런 맛이 있어야 하지 않겠어요. 거칠게 필사적으로 기도를 해보지 않고서 덕을 얻기란 어려운 일이 아니겠나 하는 거죠."

필사적 기도. 필사적 기도. 나는 자꾸 그 말을 속으로 외었다.

207

●

호박밭에서 말씀이 있었다

손맛은 타고난다는데, 스님도 그러셨던 모양이다. 출가해서 공부할 때 채공으로 공양간 바닥 일도 많이 했다. 원주스님께 별자로 임명되어 밥도 좋이 지어 바쳤다. 그것이 그 시절의 소임이었다.

"한번은 동학사에서 소임 맡았는데, 별자가 됐어요. 돌아가면서 공양 노력을 바치는 거지. 내 차례가 되어서 뭘 해보려는데 먹을 게 있나,

가을

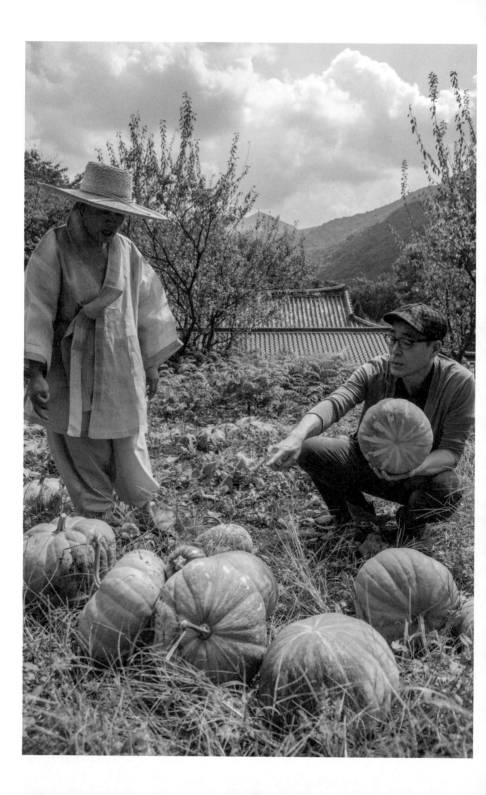

잡초라고 부르는 풀이 정말
대단해요. 호박이 꼼짝을 못해요.
저 들판에 던져진 삶이니 얼마나
악착같겠어요. 우리 삶도 좀 그런
맛이 있어야 하지 않겠어요.

그때. 원주스님한테 가서 그랬어. 기름이랑 밀가루 좀 달라고. 그때 봄이라 쑥이 지천이었거든. 쑥 뜯어서 밀가루로 반죽해서 기름에 지졌어. 쑥전 같은 거였어요. 스님네들이 다들 맛있다 하고. 칭찬도 들었어요. 뭐, 그렇게 지금도 공양간 들여다보게 된 건가(웃음)?"

늙은 호박으로 무얼 할까, 생각하시더니 "범벅 어때?" 하신다. 마침 마을에서 보살 한 분이 마실 오셨다가 거든다. 경상도식 범벅이다. 나도 손을 보탠다. 잘 삶은 팥, 찹쌀가루, 강낭콩 삶은 것, 그리고 호박과 설탕에 소금. 그게 전부다. 문자 그대로 범벅을 하면 되는 요리다.

"그러니 재료가 중요해요. 맛 낼 방도가 없는 요리일수록 재료, 재료의 힘이야."

거짓도 꾸밈도 없는 맑은 요리, 덕행과 참됨이 있는 세상에 맞는 요리. 스님은 맛도 잘 내는데, 말씀도 맛있다. 호박오가리를 오려 말려서 멥쌀로 떡 만드는 장면, 나물처럼 말려서 무치는 장면까지 실감 나게(?) 묘사한다. 아아, 다시 배가 고파진다.

스님께 뒤늦은 절을 올린다. 손수 길러서 따고 덖은 헛개잎차가 달다. 스님은 인도에 학교를 열어 아이들을 건사하고 기르고 있다. 파담파니 관세음학교다. 중등과정인데, 흙바닥에서 공부하는 아이들을 보시고, 측은지심이 발동한 것이 결국 학교를 짓는 데까지 이르렀다.

"인도가 석가모니를 배출한 나라 아니에요? 우리가 갚아야 할 것이 있다, 그렇게 생각이 들었어요."

우리 몸이 인도의 석가모니불에서 비롯한 작은 고추씨인 것, 갚는 일은 당연하다는 부연 설명도 이어진다.

"이 밭에 음식 쓰레기를 버립니다. 그것이 썩어 퇴비가 되어 호박을 기르는 것이지요. 우리가 덕행을 하는 건 그것과 같은 일이에요. 작고 소박한 것을 주어도 쓸모가 있게 주면 꽃을 피운다는 세상의 이치 같은 걸 들여다보게 돼요. 왜 아니겠어요."

범벅이 다 되었다. 숟갈을 들자 아까 보살이 무심한 듯 한마디 하시는데, "식어야 맛있니더"란다. 쓸모는 때가 있는 법. 다시 호박밭으로 눈이 갔다. 스님은 마당의 모과나무에 뽀로롱, 날아든 산새에게 먹이를 주신다. 잣 한 톨을 먹기 위해 새는 스님의 손으로 날아온다.

"제 목소리를 알아요. 부르면 날아와요. 이렇게 쪼아서 가져간 잣은 새끼들 주는 거지. 나무관세음보살."

푸른 하늘로 잣을 문 곤줄박이가 솟구쳤다가 숲으로 내리꽂혔다.

가을

늙은
호박

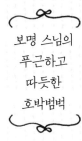

보명 스님의
푸근하고
따뜻한
호박범벅

준비하세요

늙은 호박 1/2개, 넝쿨콩 1/2컵, 팥 1컵, 찹쌀가루 3컵,
소금 1큰술, 설탕 1큰술, 물

이렇게 만들어요

1 늙은 호박은 껍질을 제거한 후 씻어서 작게 썰어
   푹 삶아준다. 넝쿨콩과 팥도 각각 냄비에 넣고 푹
   삶아둔다.
2 무르도록 삶은 늙은 호박을 믹서로 곱게 갈아서
   냄비에 다시 끓인다.
3 간 호박이 끓으면 삶은 넝쿨콩과 팥을 넣고 골고루
   섞으며 끓인다.
4 찹쌀가루를 흩뿌려 넣고 바닥에 눌어붙지 않게
   주걱으로 계속 저어준다. 걸쭉한 농도가 되면 소금과
   설탕을 넣어 기호에 맞게 간을 맞춘다. 한소끔 끓인 후
   완성한다.

213

tip 늙은 호박은 잘 익을수록 영양소도 많고 효능도 높다. 또
한 당분도 증가한다. 늙은 호박의 당분은 소화 흡수가 잘 되는 당
질이며 비타민 A의 함량이 높아 위장이 약한 사람이나 회복기의
환자에게 특히 좋다.
늙은 호박은 서늘한 상온에서 꽤 오래 보관할 수 있다. 냉동하려
면 껍질을 벗기고 밀봉한 후 냉동실에 넣는다. 품질과 맛의 변화
가 거의 없다.

가
을

늙은
호박

표고버섯

똑똑똑, 신께서 나오라고 신호를 보내시다

대 안 스 님 과 떠 난 표 고 버 섯 여 행

대안 스님을 우리가 부르는 별명이 있다. '피디PD스님'이다. 작년 봄, 냉이를 캐고 취재하러 서산 갔을 때 내가 붙인 별호다. 당신께서도 듣고 별말씀이 없으신 걸 보니, 내 농담을 수긍하시는가보다. 당시 서산은 제법 추웠다. 연세 많은 아주머니들이 방석 깔고 앉아 냉이를 캐고 뒤집는데, 스님이 등장하니 그 뻣뻣하고 쓸쓸한 분위기가 일신되었던 것이다. 게다가 대목 대목 카메라가 들어올 자리를 알고 딱딱 지정해주셨다. 그러니 피디라 할 수밖에. 실제로 텔레비전 촬영을 많이 하셨지만, 내가 보기에는 타고난 감각이다. 무엇이든 맞춤한 시간과 자리에 들어앉을 타이밍을 아신다는 건데, 그것이 음식에 있어서도 다르지 않은 건 여러분도 다 아는 바일 거다. 스님이 업무해낸 멋진 사찰음식 전문점 '발우공양'의 덕이 그랬고, 조계종 포교책 중 사찰음식의 지난 세월이 그랬을 것이다('발우공양'은 미쉐린 가이드에서 별 하나를 받았다). 그래서 대안이 없으면 대안 스님을 찾으라 하지 않았던가.

가을

노모가 자른 표고가 가을볕에 말라가고 있다

그건 양평에서 벌어진 표고 취재에서도 달라지지 않았다. 면식 없는 표고 재배 사장님도 꼼짝없이 피디스님의 지휘에 맞춰 카메라 앵글에 들어섰다 나갔다 하는데, 이게 마치 짜맞춘 시나리오처럼 정확했다. 앵글 부리는 최배문 기자는 한 손으로는 셔터를 연신 누르고, 저도 모르게 한 손으로 엄지손가락을 치켜세우고 있었다.

강 따라 길도 좋고 물빛도 좋은 양평의 버섯밭에 우리가 간 건 이 가을의 시작이었다. 길고도 긴 혹서(얼마나 혹독하면 혹서였을까)에 시달렸으나, 여지없이 가을은 왔다. 신이 굴리는 손안에 지구는 작은 주사위만 한 것이고, 우리의 인생은 그 주사위에 점 하나도 안 되는 먼지일 터이니, 아아 흐르는 한강 쪽빛 물의 깊이조차 우리는 모르는 일일 것이다.

마침 주인 되는 이상희 사장(이라고 하나, 그와 손을 잡았더니 농사로 다져진 두께와 결이 나 같은 서생을 압도해버린다)이 잠시 밭에 나간 틈이어서 그의 노모를 먼저 보았다. 표고 저장고 앞 그늘에 스티로폼 방석을 깔고 앉아 노모는 뭔가를 썰고 있었다.

"표고여. 이걸 말려서 가루 내어 팔아요. 갓 퍼지고 작고 그런 건 가루 내는 데 쓰는 게지."

노모는 잠시도 손을 놀리지 않고 무심한 듯 대꾸했다.

"어디서 따긴요, 낭구에서 따지. 배지에서 딴 건 아니구, 우린 다 낭구에서만 길르니까."

그러면서 혼잣말처럼 "요샌 버섯도 안 되어요. 더워도 힘들고 추위도 안 열리고, 올해 더워서 난리 났어. 돈? 아이구, 무슨 돈이 돼요, 돈은."

노모가 자른 표고가 가을볕에 말라가고 있다. 양평은 이래저래 서울 사람들 좋은 물 먹이자고 통제가 심해서 얼떨결에 오염 적은 자연을 가진 땅이다. 축사도 내기 어렵고, 밭에 농약도 잘 못 뿌린다. 그러다가 위아래 이 일대 상당수가 내친김에 친환경 농업지대로 탈바꿈했다. 이상희 사장의 표고도 그렇게 자라고, 한살림이며 생협에 믿고 내는 친환경 버섯으로 이름이 나 있다.

표고버섯은 원래 자연산인데 대개 재배한 것을 먹게 된다. 한동안 버섯의 왕으로 군림했으나 중국산과 '배지 재배법'이 널리 퍼지면서 흔한 버섯이 되어가고 있다. 배지란 톱밥 성분으로 표고 종균이 자랄 토양을 만들어서 생산량이 많은 농법이다. 더구나 중국산이 많아진데다가, 중국으로부터 아예 배지 자체를 수입해다가 우리나라에서 길러 수확하는 '반만 국산'인 농법도 많다.

한때 고급 선물의 대명사로 불리던 표고의 호시절은 그렇게 살짝 이울고 있는 것 같다. 이상희 사장은 햇빛에 그을렸는데, 그것이 고된 농사 때문이겠으나 어쩌면 속이 타고 끓어서 생기는 것이 아닐까 싶기도 했다.

니 맛도 내 맛도 아닌데, 버섯 없었으면 어쩔 뻔했어

이상희 사장이 와서, 차를 몰아 표고밭으로 갔다. 하우스가 몇 동 서 있다. 이런 농사자리가 몇 군데 더 있다고 한다. 대농이라면 대농인데, 그

가을

표고
버섯

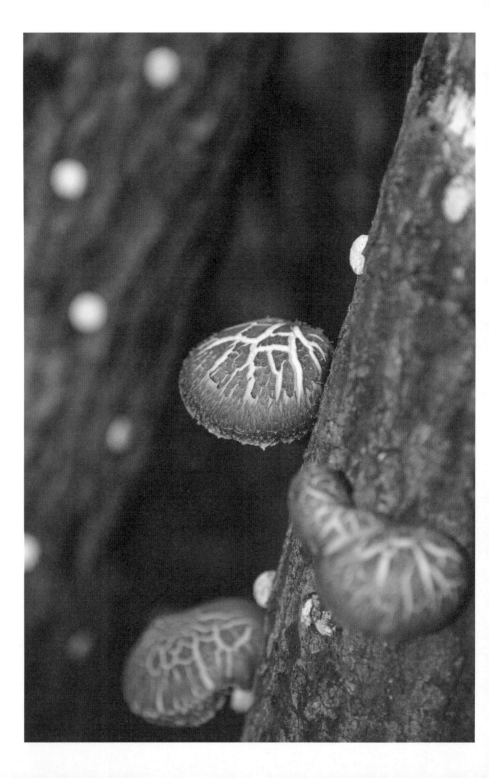

똑똑똑. 버섯에게 우리는 신호를
보낸다. 주인과 작물 간의 단순한
교신. 말없이 알아서 나오는 표고들.
그것은 만물과 인간의 소통이 아니고
무엇이겠는가.

어린 표고가 고개를 빼꼼 내미는
모양이 안쓰럽고 귀엽다.

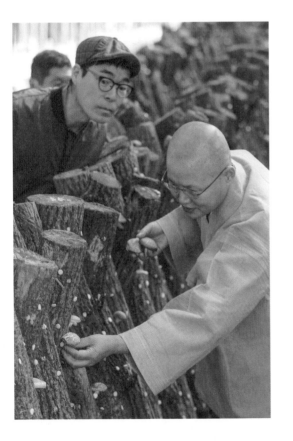

는 어중간하다고 한다.

"크게 허는 사람이 많고, 우리는 작아요. 요즘 귀농이나 귀촌하는 이들이 표고 많이 하는데, 참 힘든데 잘 모르고 오는 경우가 많지요. 표고 해서 돈 만들기가 여간 어렵지 않다고. 중국산에 배지로 만든 국산도 워낙 쏟아지니까."

그의 표정이 비 맞은 표고 머리처럼 어두워졌다. 그래도 참하게 늘어선 참나무들을 보니 안쓰럽고 반가웠다. 원목에 표고를 기르는 전통적인 방식이다. 원래 참나무에 기생하는 표고의 성질을 이용한 전통적인 재배법이다. 원목 참나무를 1미터 좀 넘게 잘라서 눕혀서 물을 먹인 후 비스듬히 세워서 표고를 기르게 되는데, 그 과정이 참 지난하다.

"표고가 참 예쁘네요. 채식하는 불교 음식에 표고가 참 고마운 거예요. 천연 MSG잖아. 사찰음식이 살아남은 건 버섯 덕이 커요.《고려도경》에도 버섯이 나온다니까. 우스갯소리로 '니 맛도 내 맛도 아닌 게 사찰음식'이라고 하잖아, 버섯 없었으면 어쩔 뻔했어."

스님의 농담에 와그르르, 일행이 웃었다. 산중의 하우스 안에 온기가 돌기 시작했다.

참나무 원목은 3년을 쓴다. 그게 수명이다. 그동안 열 번 정도 버섯을 딴다. 나무에 허옇게 보이는 게 종균 배양해서 심은 것이다. 하얀색은 스티로폼으로 눌러놓았기 때문이다. 저들이 알아서 철마다 시간을 두고 버섯을 틔운다. 더우면 너무 빠르게 자라고 갓이 퍼지며, 추우면 성장이 더디다. 봄과 가을에 주로 따게 된다. 역시 가을 버섯이 제일이다. 백화고라고 부르는 건 일교차가 심해야 생긴다. 밤에 추워서 웅크린

버섯의 머리가 낮에 더운 날씨에 훅, 하고 터져버린다. 그 갈라진 모양이 아름다울수록 비싸다. 한 나무에도 백화고와 그냥 짙은 색의 머리인 흑화고가 섞여 열린다. 어린 표고가 고개를 빼꼼 내미는 모양이 안쓰럽고 귀엽다. 스님이 찬찬히 어린 버섯이 악착같이 살자고 나오는 모양을 보신다.

"우주의 원리대로 자라고 저물고. 인간은 그걸 먹고 살고. 참 세상이 저 버섯의 순환과 다를 바 없는데, 욕심이 많아서……."

표고를 기르는 데 중요한 일이 많지만, 뒤통수를 두들기는 말씀이 쩌르르하다. 다시 이상희 사장이다.

"우리가 하는 건 별로 없어요. 나무 눕혔다가 세우고 종균 넣고, 따고. 아, 나무를 가끔씩 두들겨주어야 해요. 구멍 속에서 자고 있는 종균을 깨우는 겁니다. 그러면 '아, 나 나오라는 소리구나' 하고 표고가 나와요."

똑똑똑. 버섯에게 우리는 신호를 보낸다. 주인과 작물 간의 단순한 교신. 말없이 알아서 나오는 표고들. 그것은 만물과 인간의 소통이 아니고 무엇이겠는가.

●
기름 한 방울 없이 구운 표고의 담백한 맛
스님이 표고를 따서 버섯간장조림을 하신다. 그저 표고와 집간장이 다다. 온갖 향신과 맛 돋울 거리도 넣지 않고 만든 그저 담백한 요리다.

"간장이 다예요. 처사님들 술안주에 이런 채식 안주를 쓰면 몸에도 덜 나쁠 텐데."

연신 농담이다. 입에 버섯을 넣어주신다. 좋은 간장의 향과 좋은 버섯의 감칠맛이 알맞게 조화롭다. 씹으니, 점점 맛이 진해져서 혀가 부담스러워진다. 맛의 응축된 힘이 놀랍다. 표고가 이 정도였어? 하는 자문을 하게 된다. 흔히 버섯을 두고 일능이, 이송이 한다는데 표고는 왜 빼나 싶다.

"맛있죠? 표고가 흔해지니까 우리가 그 맛을 잘 몰라요. 얼마나 맛있는 버섯인데. 가루 내서 양념으로도 많이 쓰고, 육수도 많이 내고, 볶아도 쓰고 굽기도 하고. 이리 와 봐요."

스님은 아주 신이 났는데, 표고가 잘생기고 맛 좋아 그러신 모양이었다. 가스레인지에 팬을 올리고 기름 한 방울 안 치고 버섯을 잘라 굽는다. 좋은 표고 향이 널리 퍼진다.

"표고는 가열하면 향이 좋아져요. 아, 좋다. 이거 먹어봐요."

표고의 흰 부분이 갈색이 되도록 지져서 내주신다. 쫄깃한 식감이 아주 좋고, 침을 마구 솟게 한다.

"딱 소금만 넣어도 그래요, 아무것도 안 했어. 원래 좋은 재료는 소금 간만 해도 맛이 알아서 다 나와요."

말랑한 듯 쫄깃하고, 버섯의 얇은 쪽은 살짝 바삭하게 씹힌다. 재료란 이런 것이구나, 맛이란 본디 제 꼴이 중요하구나, 이것저것 분칠을 해서 얻은 맛과는 격이 다르구나. 뭐 이런 생각이 버섯을 씹는 찰나에 스쳐지나갔다.

"표고는 말려서도 많이 쓰잖아요. 말리면 맛이 더 당당해져요. 물에 불리고 그 물도 버리면 안 돼요. 맛이 우러나오니까. 어쨌든 지금은 산지에 왔으니 생버섯의 맛을 봐야지."

양평 중에서도 강하면은 표고 농사로 워낙 유명하다. 약재와 버섯이 유명한 서울 경동시장에 가면, 강하 표고라는 글씨를 써넣고 파는 표고를 볼 수 있다. 이곳 표고는 강하의 기후와 농부들의 정성으로 지금도 쑥쑥 자란다.

노모와 안주인이 우리에게 점심 공양을 같이 하자신다. "밥숟가락만 몇 개 더 놓으면 되는데 뭘"이라며. 이런 말, 유난히 기쁘게 들리던 어느 가을의 낮이었다. 밥상에 소소한 찬들이 올라오는데, 버섯조림이 눈에 들었다. 모두 못생기고 작아서 상품으로 팔지 못할 것들이 농부의 밥상에 오르는 것이다. 본디 농사를 지으면 잘생기고 큰 것을 먹지 못한다고 하지 않는가. 그들의 밥상에 가만히 숟가락을 얹을 자격이 있는지, 숟가락질 내내 스스로 물었다.

다시 차는 물빛이 노랗게 변해가는 한강변의 양평 시골길을 달렸다.

가을

표고버섯

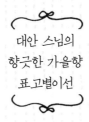

대안 스님의
향긋한 가을향
표고별이선

준비하세요
생표고버섯(흑화고 작은 것) 10개
조림장(집간장 2큰술, 조청 2큰술, 쌀가루 1큰술, 물 1컵)

이렇게 만들어요
1 생표고버섯은 젖은 행주로 먼지를 털어낸다.
2 줄기는 떼어내고 윗부분은 별 모양으로 도려낸다.
3 조림장 재료를 섞어서 냄비에 끓이다가 표고버섯을
   넣고 끓인다.
4 국물이 걸쭉해지면 접시에 담는다.

tip 건조 표고버섯을 물에 불릴 때 감칠맛과 약성이 녹아 나
오므로 단시간에 불려야 한다. 지퍼백을 이용해 건조 표고버섯과
1/3컵의 물을 붓고 공기를 뺀 후 오므려 냉장고에 넣어두면 물을
많이 사용하지 않고도 부드럽게 불릴 수 있다.

가
을

표고
버섯

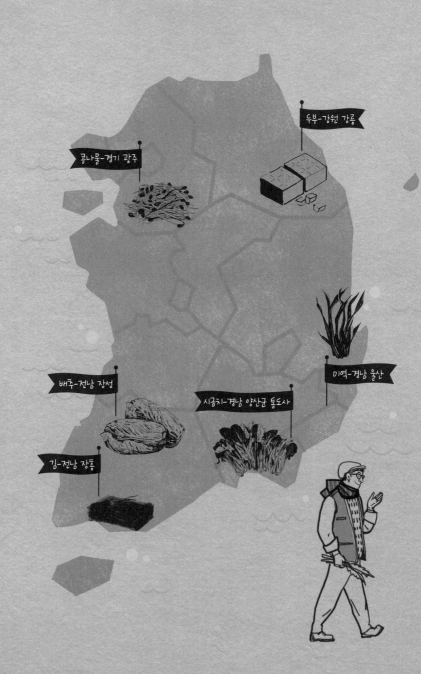

두부-강원 강릉

콩나물-경기 광주

미역-경남 울산

배추-전남 장성

시금치-경남 양산군 통도사

김-전남 장흥

겨울

순두부 같은 눈이 펄펄 나린다. 이른 아침부터 내달려온 허한 속 뜨끈한
두부가 들어온다. 밥이 부처라는 말씀을 다시 생각한다. 부처가 저 높이
안 계시고 내 빈속에 오시니 얼마나 다행인가. 두부처럼 묵직하고
순백하고 정직하여서 밝은 길로 걸어가는 삶이고 싶다

두부

김

콩나물

시금치

미역

배추

두부

부처가 내 빈속에 뜨끈한 두부로 오시다

우 관 스 님 과 떠 난 두 부 여 행

강릉까지 한달음이다. 우관 스님의 절 이천 감은사에서 강릉 땅이 멀지 않다. 차창 밖으로 순두부 같은 눈이 나린다. 그래도 차는 씽씽 달려 금세 초당마을이다. 빈속이라 얼른 한 그릇, 두부를 뜨고 싶다. 먹는 일을 절에서 공양供養이라 이르는 것은 어찌나 적확한지 모르겠다. 베풀어 기르다, 주어서 가르치다. 과문하나, 불교의 정신은 모두 이 말로 수렴되는지도 모르겠다. 이른 아침부터 내달려온 허한 속에 뜨끈한 두부가 들어온다. 밥이 부처라는 말씀을 다시 생각한다. 부처가 저 높이 안 계시고 내 빈속에 오시니 얼마나 다행인가.

●

여자들이 먹고살자고 다들 두부를 맨들었지

두부는 절집에서 즐겨 쓰는 재료다. 부처님 재에 두부가 빠지지 않았다. 맛있고 푸짐하며, 심지어 짓는 일조차 경건하고 순결한 노동이 필요하기 때문이다. 조선조에 조포사가 있었다. 포泡는 두부를 이름이니, 두부 만드는 사찰이다. 그 속사정은 자못 긍정적인 것만은 아니었다고 우

두부

관 스님이 말한다. 왕가의 재를 절에서 모시면서 두부 지어다 바치는 일을 절에 종용했으리라는 것이다. 저간의 일이야 어찌 되었든, 절밥에 두부는 고마운 재료다. 《우관 스님의 손맛 깃든 사찰음식》이라는 책을 펴보니, 두부가 주가 되는 음식이 여섯 가지나 실려 있다. 두부구이조림에 두부와 방앗잎 장떡에다가 두부장아찌도 있다.

'토박이할머니순두부'의 김규태 사장 가족이 맞아준다. 조림에 전골에 두부 요리로 한 상 차렸다. 스님이 "두부답다"고 말씀하신다. 부드럽고 고소하며 진한 두부의 결이 잘 살아 있다. 찬은 또 어찌나 정갈하고 수수한지 모르겠다. 스님이 마음에 들어 하니 다들 더 기껍다. 마침 두부를 한 말 만든다고 한다. 돕기로 한다.

초당마을에는 소나무 숲이 좋다. 카메라를 들고 적당히 앵글만 대면 다 그림 같은 솔숲이다. 나무가 실하고, 적당히 굽이치며 쭉쭉 뻗었다. 오래된 나무라는 걸 알겠다. 이 마을이 강릉의 명물이 된 건 두부 때문이다. 전쟁 이후에 과부가 된 아녀자들이 두부를 만들어 시장에 내다 팔면서 두부마을의 명성을 얻었다고 한다.

"다 먹고살자고 하는 일이었는데, 슬픈 사연이 있습니다. 몽양 여운형이 해방 후에 저 강릉고 자리 옆에 초당의숙이라고 야학을 했더래요. 영어를 가르쳤답니다. 그런데 몽양이 사회주의자라고 뻘개이 대접을 받았더래요. 그래, 그 제자들도 전쟁 와중에 탄압을 마이 당했지요."

투박하고 정겨운 강릉 사투리로 김 사장이 설명한다. 그의 말을 더 잇자면, 그리하여 이 마을의 다수 여인들이 홀로 되었다. 군인으로 나가 사망하거나 하여 남자들이 한꺼번에 많이 사라졌다고도 한다. 이 이야기는 역사적으로 근거 있는 줄 모르겠으나 중요한 말인 듯하여 우선 적는다.

"그래서 여자들이 먹고살자고 다들 두부를 맨들어 팔게 된 거지요."

이 말은 보탬이나 꺾임 없는 사실이다. 초당두부는 혼자되거나 가엾어진 이들의 마지막 생계수단이었다.

초당두부마을은 지금은 두부 요리를 파는 식당이 많은 동네로 유명하지만, 원래는 아낙들이 생때같은 노동으로 두부를 만들어 강릉으로 가져다 파는 걸로 알려졌다. 김 사장의 학생 시절만 해도 아침에 두부 함지를 인 아낙들과 함께 통학버스를 탔다. 물론 그의 모친도 두부 파는 아낙이었다. 지금처럼 두부 식당이 즐비해진 건 1980년대 후반 이후의 일이다. 자가용족이 생기고 놀러다니는 사람이 늘면서 하나둘 두부 식당이 생겨났다. 대부분 두부를 만들던 집에서 겸사겸사 불을 피우고 손님용 밥상을 들였다. 그렇게 시작된 일이었다.

231

●
하얗고 순정한 콩물이 바닷물과 만나니
초당마을의 두부 역사는 16세기 사람 허엽에서 시작된다고 한다. 허엽은 《홍길동전》을 쓴 허균과 허난설헌의 아버지다. 그가 두부 만드는 것을 독려해서 지금의 초당마을이 되었다고 말한다. 허엽 부자父子는 공교롭게도 음식에 깊이 연관되어 있다. 허균이 조선조에 미식을 다룬 드문 책인 《도문대작屠門大嚼》의 저자이기 때문이다. 그는 대단한 미식가였다. 임지를 따지는 기준을 미식 여부로 가렸다는 얘기도 있다. 도문대작

겨울

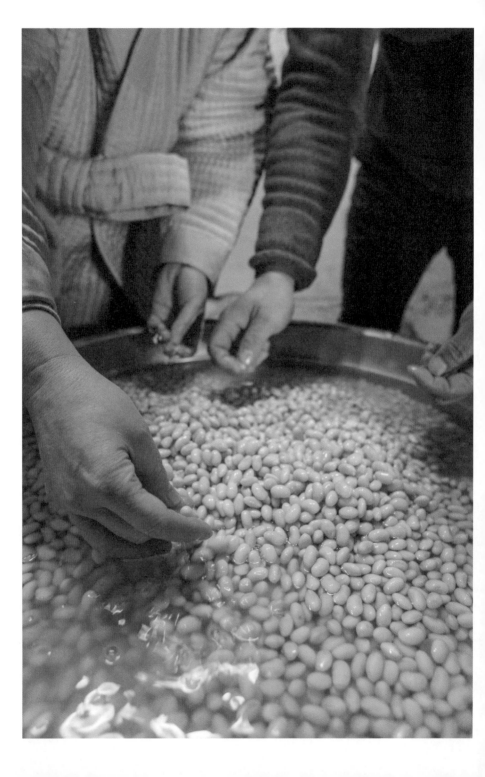

김 사장이 두부를 천천히 젓는다.
"두부는 원래 게으른 며느리가 잘 만든다,
이런 말도 있잖아요. 천천히 해야 좋은
두부가 됩니다."

"두부는 밀도의 요리지요.
엉기는 것도 밀도이고 입에 꽉 차서
부드럽게 풀리는 맛도 밀도이고.
담백하다는 말도 두부에서
딱 들어맞아요."

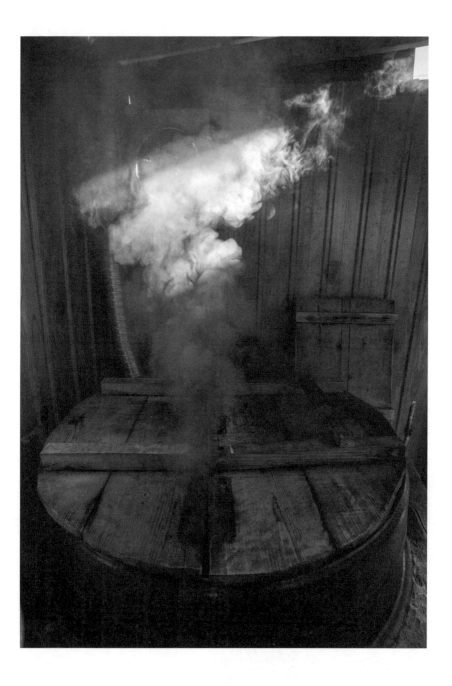

이란 말 자체가 푸줏간 앞을 지나며 입맛을 크게 다신다는 뜻이다. 음식에 초연함을 덕으로 알았던 사대부로서는 아주 드문 경우다. 그런 부자가 살았던 초당마을에 두부 요리가 번성하여 많은 현대 미식가들을 불러모으는 것도 참 공교롭기만 하다. 허균의 이야기는 아주 길고도 깊은 논쟁을 만들어왔다. 그는 혁명가인가 하는 문제부터 말이다. 그 소관은 독자들에게 맡긴다.

스님과 함께 두부를 만들어본다. 김 사장이 소매를 걷어붙인다. 두부 공정을 스님도 꿰고 있어서 척척 죽이 맞는다. 김 사장의 설명이다.

"콩을 잘 불구고(불리고) 갈아야 맛있는 두부가 돼요."

먼저 콩을 불린다. 여름에는 반나절이고 겨울은 그 두 배다. 그러고는 곱게 갈아서 면보 받쳐서 콩물을 얻는다. 하얗고 순정한 콩물이 뚝뚝 듣는다.

"참 순수한 음식이고, 그래서 소중한 맛이 아닌가 해요."

스님의 말씀이다. 여러 번 뜨거운 물을 부어내린다. 남은 것이 비지다. 콩물에 좋은 영양을 다 내어준다고 해서 비지는 가치를 별로 인정받지 못한다. 실은 어느 정도 영양을 지니고 있다. 거기에다 풍부한 섬유질이 있고, 구수한 맛이 남아 있다. 이 비지는 누구든 가져갈 수 있다. 콩은 비지가 되어서도 최후까지 버려지지 않고 중생에게 공양한다.

얻은 콩물을 가마솥에 넣고 가열한다. 이때 간수를 넣는데, 초당마을에서는 정수한 바닷물로 대신한다. 간수란 소금자루 밑에 고이는 쓴 용액이다. 마그네슘이 주성분이다. 허엽이 쓴맛의 간수 대신 바닷물을 써서 두부를 만들라 해서 오늘날의 초당두부가 생겼다고 한다. 어찌 되

겨울

두부

었든 바닷물 두부는 드문 경우다. 이곳 두부가 쓰지 않고 맛있는 이유라고 한다. 가마솥에 열이 오르니 얇은 막이 생겨난다. 중국과 일본에서는 최고급 음식으로 치는 '유바'다. 치즈처럼 쫄깃하고 고소하다.

인간사 매사 두부 같으면 얼마나 좋으리

그 얇은 막 밑으로 두부가 '오기' 시작한다. 천천히, 어느 순간에 두부는 엉기어 탄생한다. 순두부의 시작이다.

"우리는 원래 순두부라고 안 하고 초두부라고 했어요."

처음 초初. 그래서 이 집에서는 전통 이름대로 초두부라는 메뉴를 복원했다. 초두부 한 그릇을 먹어본다. 순정한 콩의 향과 짭짤한 국물의 맛이 깊게 들어간다.

"요새는 맛이 다 달려들기만 하지 이처럼 순하고 솔직한 느낌을 내지 않지요. 그래서 이 두부가 더 각별합니다."

스님이 두부를 저으며 한마디 보탠다. 달려든다. 그 말을 원고를 쓰면서 다시 음미한다. 무섭다. 우리의 입맛은 미친 듯 달려드는 것들에게 미혹되어 있지 않은가. 김 사장이 두부를 천천히 젓는다. 열과 수분을 조절하고, 단백질의 응고를 가져오는 젓기의 기술이 거기 있다. 급하게 저으면 좋은 두부를 만들 수 없다.

"두부는 원래 게으른 며느리가 잘 만든다, 이런 말도 있잖아요. 천천히 해야 좋은 두부가 됩니다."

게으른 며느리란 말에 다 웃었다. 그러는 와중에 순두부가 다 엉긴다. 마치 순박한 꽃 같다. 두부를 보던 김 사장이 오랜 경험으로 불을 끈다. 두부는 응고 식품이므로 온도를 잘 봐야 한다. 너무 오래 가열하면 망친다. 순두부를 떠내어 나무틀에 붓는다. 모두부를 만들 시간이다. 우리 콩 한 말로 겨우 스무 모의 두부가 나온다. 말이 한 모지, 나중에 썰어보니 엄청 크다. 8백 그램씩 자른다고 한다. 벽돌보다 크다. 어린애 손바닥만 한 시중의 두부는 쩨쩨해 보인다.

"사찰음식을 하다가 오히려 건강이 나빠졌어요. 여기저기 행사도 많고, 강의에 불려다니다가 생긴 일이지요. 이런 아이러니가 어디 있어요."

스님 말씀을 들으니 우리 모두 두부처럼 순하고 묵직하게 다시 정진할 일을 결심하게 된다. 두부는 인간의 지혜와 손으로 만들지만, 오히려 맛을 내려는 개입이 최소화된 음식 재료이기도 하다. 그것은 어쩌면 수행과 닮았다. 순백하고 정직하여서 비로소 밝은 길로 가는 것.

"두부는 밀도의 요리지요. 엉기는 것도 밀도이고 입에 꽉 차서 부드럽게 풀리는 맛도 밀도이고 담백하다는 말도 두부에서 딱 들어맞아요."

인간의 일이 매사 두부 같으면 얼마나 좋으리. 두부 한 판이 시간이 흘러 막 굳었다. 그 시간을 재촉하면 두부는 망친다. 기다려라, 기다려라. 아무 양념도 없이 다 굳은 두부를 한입 먹어본다.

'이 음식이 어디에서 왔는가. 내 덕행으로 받기 부끄럽네. 마음의 온갖 욕심을 버리고 육신을 지탱하는 약으로 알아 깨달음을 이루고자 이 공양을 받습니다.'

오관게의 말씀이 이 두부처럼 천천히 육신으로 스며들어왔다.

겨울

두부

238

준비하세요

두부 3모, 고운 소금 1작은술, 포도씨유 3큰술, 집간장
1/2컵, 조청 3큰술, 물 1컵, 생강 20g, 건고추 2개, 다시마
2장(5×5cm)

이렇게 만들어요

1 두부를 1.5cm 두께로 썰어 소금을 뿌린다.

2 포도씨유를 두른 팬에 두부를 올려 중간 불에서
   앞뒤로 노릇노릇하게 부쳐낸다.

3 생강은 얇게 저미고 집간장, 조청, 물, 건고추, 다시마와
   함께 팔팔 끓인다. 건지를 걸러낸 간장물을 식혀둔다.

4 두부를 통에 담고 간장물을 붓는다. 3~4일 후
   간장물만 따라내 끓인 다음 식혀서 다시 두부에
   부어둔다. 바로 먹어도 좋으며, 길게는 석 달 정도
   저장해두고 먹을 수 있다.

tip 보통 시중에서 판매하는 두부에는 응고제로 간수를 쓴다.
두부 요리를 할 때에는 두부를 엷은 소금물에 담갔다 쓰거나 엷은
소금물을 끓여 살짝 데친 다음 쓰는 것이 좋다. 이렇게 하면 삼투
압 효과에 의해 간수가 빠져나간다.

제일 맛있는 두부?

우리가 두부를 천대하면서 좋은 두부를 만나기 어려워졌다. 좋은 두부는 콩과 물, 간수
의 조합이겠으나 우선 동네 두부를 살려야 한다. 공장에서 만든 팩 두부가 시장을 장악
하면서 맛있는 두부를 먹을 기회를 빼앗겼다. 두부는 '오늘 만든' 두부가 제일 맛있다.
시간이 흐를수록 맛이 없어진다. 두부처럼 건강에 좋은 것도 드물다. 소화도 잘 되고
영양도 풍부하다. 게다가 국산 두부를 쓰면 농가의 콩 판매를 응원하는 면도 있다. 샐
러드, 튀긴 두부 등 다채로운 요리로 응용해볼 수 있다.

겨
울

김

화롯불에 구워 간장 찍어 먹으면 제일 맛있지

정 관 스 님 과 떠 난 김 여 행

정남진이라고 부르는 장흥까지 길은 멀었다. 고속도로가 연결되어 많이 단축되었다고는 하지만 어지간하면 중간 급유(!)를 받지 않고서는 단번에 갈 수 없는 먼 땅이다. 그야말로 더 이상 차가 갈 수 없는 '길 끝'이다. 그곳에 장흥 무산 김을 키우는 윤두현 사장의 김밭이 있다. 서글서글한 전라도 사투리로 그가 인사를 건넨다.

"먼 길 오시느라 수고하셨소. 언능 가봅시다."

김도 광합성을 한께 농사라고 부르요

그대로 배를 띄워 바다로 나아간다. 득량만을 둘러싼 온화한 지세에 푸근한 마음이 들지만 바람은 매섭다. 윤 사장, 아니 윤 선장이 엔진의 출력을 최대로 올린다. 피브이시 선체가 날렵하게도 광활한 바다를 질주하자 바람의 차가운 입자가 그대로 볼에 얼어붙는다.

"뱃놈은 나쁜 사람이 없다, 그런 말이 있어요. 생각해보소. 나쁜 짓하믄 저 무시무시한 바다가 얼마나 무섭겠소. 저 바다에 파도가 일어보소. 다 집어삼킬 텐디."

내 마음이 얼어붙는다. 무서운 경륜에서 나온 인간의 말이다. 다시, 내 삶을 돌아본다. 부끄럽기 전에 우선 무섭다. 파도가 무섭다.

늘 바람 맞아 거칠어진 윤 사장의 청동빛 낯빛이 듬직해진다.

"오늘 날씨는 좋지라. 추워불면 이게 보통 농사가 아니오."

꽤 멀리 나간다. 얼굴이 땡땡 얼어붙을 즈음에 엔진이 잦아든다. 득량의 너른 품 딱 한가운데다.

"저짝이 해남, 더 저짝으로는 완도에 보성까지 이 만을 둘러싸고 있지라. 남북으로 여가 한 오십 킬로 넘으요."

그는 득량만이 천혜의 바다이고, 축복이라고 말한다. 득량이라는 말이 이미 '얻을 득得'에 '양식 량糧' 자다. 어감도 좋고, 뜻은 더 좋다. 득량. 잠시 입안에서 굴려본다. 의미심장한 명명이었을 것 같다. 면적도 374제곱킬로미터이니 거제도만 한 크기다. 생각보다 훨씬 크고 아득한 바다다. 이곳에 온갖 생물이 산다. 수심이 얕아서 어류가 산란하기 좋고, 큰 파도가 없어 양식에도 유리하다.

득량만은 3백 리 안에 큰 공장이 없어서 오염물질이 거의 차단된다. 게다가 인구도 희박하니 생활하수도 적다. 바다가 청정하고 맑을 수밖에 없다. 이 바다에 유명한 장흥 김이 자란다. 김밭에 가서 배를 세운다. 막 자라고 있는 김이 귀엽고 안쓰럽다. 너무도 여린 조직을 뜯어서 입에 넣는다. 바다의 깊은 짠맛 위에 싱싱한 푸성귀의 향이 강하게 스친다.

"글지라. 김도 광합성을 한께, 그래서 농사라고 부르요."

기다란 양식줄에 매달려서 자라는 김은 물때에 따라 햇빛에 강하게

너무도 여린 조직을 뜯어서 입에 넣는다.
바다의 깊은 짠맛 위에 싱싱한 푸성귀의
향이 강하게 스친다. "글지라. 김도
광합성을 한께, 그래서 농사라고 부르요."

노출되었다가 바다로 들어갔다 하면서 살을 찌우고 영양을 빨아들인다. 육지의 산물이 햇빛과 수질, 땅의 영양물질에 의해 맛이 결정되는 것과 같다. 그런데 윤 사장의 한마디가 의미를 던진다.

"김도 기본적으로 육지의 것과 같소. 질소와 인을 먹으면서 자라지라. 바다도 육지와 다른 게 하나도 없소."

우주만물이 결국은 같은 궤 안에서 서로 살을 섞고 있다는 통찰을 김 한 줌이 던져준다. 너 밖의 것들은 너가 아니더냐. 내가 스스로 내게 묻고 소스라치게 놀란다. 파도가 다시 무서워진다. 부끄러워라.

바다의 향기는 김이 낸다

날씨는 차가운데 김을 뜨기 위해 바다에 손을 담그니 어라? 견딜 만한 온도다.

"김은 한 10도 정도에서 잘 자라요. 바다는 그렇게 (날씨처럼) 쉬이 달구고 식고 안 그래요. 그러니 날은 추워도 바닷속은 따땃허고, 김은 잘 자라고……"

김밭에 왔다고 소녀처럼 좋아하시더니, 매운바람도 아랑곳 않고 감탄하던 정관 스님(백양사 천진암)이 한마디 하신다.

"천관사 보살님이 그윽하게 내려다보고 계시는 바다니까."

과연 득량만을 굽어보는 산으로 승보사찰 송광사의 말사인 천관사가 있다. 부처님 가피를 득량의 바다에서도 본다. 바다는 잔잔하고, 멀리 천관산의 기운이 인자하게 멀리 뻗쳐 내린다.

푸른 바다는 시원한 색깔과 함께 우리의 후각을 자극한다. 바다 특유의 매력적인 향은 실제로 김 같은 해조류가 내는 냄새라고 한다. 해조는 이차대전 때 군용식량으로 이미 개발되었다. 온갖 미네랄은 물론 단백질도 많기 때문이다.

재미있게도 바닷속 해조는 다 제 구역을 가지고 산다. 질서정연하다고 해야 할 정도다. 그런데 이들은 각기 다른 조류藻類다. 파래는 녹조류이고, 김은 홍조류, 미역은 갈조류에 속한다. 우리가 바다를 여유로운 낭만의 대상으로 바라볼 때, 어부들은 흔쾌하지 않다. 가장 치열한 현장 중의 하나이며 무엇보다 생각보다 엄청난 스트레스를 받는 곳이기 때문이다.

이는 김도 마찬가지다. 그 방비책으로 희한하게도 젤리 같은 물질을 세포벽에 쌓는다. 마른 김을 입에 넣으면 찰싹 달라붙고 끈끈해지는 것은 그 때문이다. 서양에서는 김을 거의 먹지 않는다. 그래서 일본인들이 스시를 처음 소개하던 무렵, '검은 종이 먹는 염소'라고 희화화되었다. 일본 패전 후 전범 재판에서 포로에게 일본군이 "강제로 검은 종이를 먹였다"는 혐의가 제출된 사실을 보면, 서양인들에게는 자못 이 김이 공포의 대상이었던 것 같다.

내가 일했던 이탈리아의 섬 시칠리아에서도 바닷가에 수영하러 가면 김과 미역, 우뭇가사리 같은 해조들이 둥둥 떠다녔다. 아무도 건져 먹지 않으니까 해변의 쓰레기 취급을 받았다. 두어 시간 걷으면 한참 양식에 보탤 양이 될 정도였다. 학술적으로는 해조를 부르는 각기 다른 이름이 있지만, 현지에서는 그냥 모두 '알게alghe'라고 불렀다. 김도 알게이고, 미역도 알게다. 안 먹으니 자세하게 나눌 필요를 느끼지 않는 것이다. 그러다가 최근에는 김을 일본어 그대로 '노리'라고 부르기 시작했다. 역시 일본식 스시가 널리 퍼지면서 생긴 풍조다.

서양에서 해조가 낯설기는 하지만 아이슬란드, 영국 등의 나라에서는 음식으로도 먹는다고 한다. 특히 최근 건강식으로 각광받으면서 새로운 전기를 마련하고 있다. 우리 아름다운(나는 이 말 말고 더 좋은 걸 찾지 못하겠다) 김이 이들 나라에서 더 알려졌으면 한다.

●

노스님이나 막내스님이나 다 똑같이 한 장!

절에서 공양을 지을 때 김은 빠뜨릴 수 없는 재료다. 본디 한정된 재료를 가지고 공양을 하는데, 김은 하나의 호사로 오랜 기간 절밥의 귀물이었다. 정관 스님도 김 다루었던 얘기는 하룻저녁이 모자란다 하신다. 김 먹던 즐거움이 생각나시는지 입이 마냥 즐거우시다.

"말도 마시오. 노스님이 김을 재는데, 얼마나 소금을 많이 뿌리는지 몰라. 그때는 김이 정말 귀했으니까. 내가 소금을 덜 치면 아예 그 위에 다시 뿌리시곤 했어요. 다른 건 몰라도 공양할 때 김은 평등보시였어요. 노스님이나 막내스님이나 다 똑같이 한 장이면 한 장, 석 장이면 석 장 받는 거지요. 왜 그랬나 몰라요. 워낙 귀한 것이니 오히려 다 같이 나누자, 이런 마음 아니었나 생각해요."

서열, 노장청약이 없는 김의 배분. 마음이 잔잔해진다. 정관 스님의 말씀은 편안한데, 저 수수한 말씀의 끝이 만만치 않은 것이다.

김은 귀한 자리에 늘 올라온다. 보름마다 치르는 삭발식에 찰밥과 김이 오르는 오랜 전통도 그런 것일 게다. 김부각은 본디 호사스러운 공양의 정점에 있는 요리이고, 그래서 부처님을 모시는 큰 제사에나 오를 수 있었다. 당연히 만드는 과정이 까다롭고 비결이 있으며, 아무나 손을 댈 수 없는 요리이기도 하다. 정관 스님의 김부각 한 점을 바삭, 깨물고 싶다. 그 깊은 바다의 맛, 절제된 수용의 맛.

스님은 밝히기 곤란한(?) 추억도 털어놓으신다. 어려서부터 손이 좋아서 공양간 살림이 워낙 여물었던 스님은 공양간에서 여러 스님들과 어울려 일을 많이 했다. 이때 김이 나오면 슬쩍 몇 장씩 숨겨놓으셨단다. 밥도 한 찬합 담아서 아궁이 곁에 솔가지에 덮어놓으시고. 절 살림이 그 시절 얼마나 궁핍했을까. 한창 식사량이 많을 어린 스님들은 늘 허기에 괴로워했다. 스님은 이렇게 숨긴 밥과 김을 밤에 노스님들 몰래 동기들을 불러 먹였다고 한다.

"얼마나 많이 먹을 때야. 그런데 먹을 게 뭐 있어요. 김이 있고, 김치 있으니 밥이 얼마나 감사한 공양이었겠어."

스님의 눈이 가늘게 떠진다. 오랜 기억, 그리고 도반들. 그리운.

들기름 발라 덮어두면 부풀부풀 일어나야 좋은 김

윤 사장이 자신의 김 가공공장으로 안내한다. 설비비만 십수억 원이 들어갔다고 한다. 김은 전형적인 투자와 시설의 어업이다. 양식장을 설치하고, 가공하려면 돈이 꽤 든다. 공장에서 아낙 여럿이 김을 묶고 있다.

겨울

향기로운 김 냄새가 가득하다.

"김은 1차, 2차 산업이 다 들어 있는 농사지라. 생김(물김)하고 마른 김까지는 1차 산업입니다. 기름 바르고 구우면 2차 산업이고. 식당에 서 반찬으로 팔면 3차 산업이고. 나는 1차(마른 김)까지 해서 시장에 넘 기요."

찰칵 찰칵, 소리를 내면서 물김이 한 장씩 떠져서 이내 건조되어 반 듯하게 나오는 공정을 보던 스님이 아주 흥미로워하신다.

"김이 아주 좋아요. 음, 맛있네. 김은 들기름에 재서 광목을 덮어두 면 부풀부풀 일어나야 좋은 김인데, 이건 그리 되겠네. 구울 때는 두 장 씩 구워야 좋아요. 한 장에서 생긴 구운 향이 날아가지 않고 다른 한 장 에 배거든."

날아가는 향을 잡는 기술이다. 그러면서 스님이 "화롯불에 구워 간장 찍어 먹으면 제일 맛있는데"라고 혼잣말을 하신다. 이제 절 살림에서도 쉽게 볼 수 없는 요리법일 것이다.

"김 농사는 하늘과 동업한다고 했지라. 오늘 취재도 하늘과 동업한 셈이요, 날도 안 궂고 바람도 좋고."

윤 사장이 처음부터 취재에 썩 응하신 건 아니었다고 한다. 그런데 이런 말씀, 귀를 지나 가슴에 박힌다.

"그래도 멀리서 차 갖고 오셨는디 섭외 안 되고 취재 안 뿔면 얼마나 괴롭겄어……."

이런 마음이 사람 사는 마음이다. 부처님의 마음이다. 올라오는 차 내에서 피곤하신 정관 스님은 고이 잠드시고, 윤 사장이 싸준 김 보따리가 저 혼자 기도하고 있었다. 창밖으로 여전히 바람은 찼다.

겨울

김

정관 스님의
바다 내음
물김국

준비하세요

물김 500g, 다시마 우린 물 7컵, 집간장 5큰술, 천일염
조금, 곱게 채 썬 무 50g, 다진 청 · 홍고추 1작은술,
참깨가루 1작은술

이렇게 만들어요

1 물김은 흐르는 물에서 체에 밭쳐 깨끗이 헹군다.
2 냄비에 다시마 우린 물을 팔팔 끓인다.
3 2의 물에 집간장과 천일염으로 간을 맞춘다.
4 1의 물김을 넣고 한쪽으로 저어가며 끓이다가 채
   썬 무를 위에 얹어 한소끔 끓인 다음 그릇에 담아
   참깨가루, 다진 청 · 홍고추를 얹어서 낸다.

tip 물김은 빛깔이 검고 윤기가 흐르며 바다 향기가 물씬 나는
것이 좋다. 물김으로 국을 끓일 때에는 다시마 우린 물이 진할수
록 깊은 맛을 낸다. 물김은 겨울철에 기락시장 등 농수산물을 취
급하는 재래시장에서 구할 수 있다.

김에 가장 많이 들어 있는 영양소는?

옛날, 어머니는 김을 딱 한 첩(10장)만 사셨다. 비쌌으니까. 그걸로 소풍 김밥을 쌌다.
그 김도 못 살 지경이면 소풍을 안 보내셨다. 한참 후 김이 싸졌다. 완도에서 김 공장이
크게 성공했던 것이다. 김에 소금과 참기름을 쳐서 양은도시락에 켜켜이 쌓는다. 뚜껑
닫아 구우면 에너지를 아낀다고 했다. 다 어렵던 때의 이야기다. 김은 단백질이 아주 많
다. 고기 대신이거나, 고기 양을 줄일 수 있는 좋은 재료. 채식주의자나 계를 지키는
재가자에게도 최고의 음식. 게다가 값은 얼마나 싼가. 김 반찬으로 가족 건강을 지키자.

겨
울

김

콩나물

기를 쓰고 자라려는 콩나물의 안간힘

동 원 스 님 과 떠 난 콩 나 물 여 행

계단을 하나씩 내려설 때마다 냄새와 기운이 달라졌다. 우리는 다른 생명의 세계로 가는 길이었다고 생각한다. 콩나물 '공장'은 건물의 지하에 있었다. 완벽한 어둠. 우리는 미동도 없이 칠흑에 익숙해지기 위해 가만히 서 있었다. 나는 어떤 소리를 들었다고 생각했다. 그것은 아마도 착각이었을 것이다. 콩나물이 숨 쉬는 소리를 낸다는 말은 들어본 적이 없으니까. 그러나 그 착각을 이내 사실처럼 믿고 싶었다. 너무도 어둡고 조용한 사위, 숨소리가 들려도 이상할 것 같지 않았다.

저 노랗고 빽빽한 생명의 숨소리여

"콩나물은 저희들끼리 호흡하는 열로 자랍니다. 온도를 잘 맞춰주고 물을 잘 주어야지요. 그렇죠, 제 자식들 같아요. 숨소리가 진짜 들린다고 해도 틀린 말은 아닐 거예요."

신혜남 사장의 말이다. 그는 경기도 광주, 제법 산세가 험한 인적 드문 땅에 건물을 짓고 콩나물과 숙주를 길러내는 이다. 누구나 이런 시설을 '공장'이라고 이르겠지만, 나는 다른 적당한 말을 찾아야겠다. 저 빽빽한 생명이 만들어지는 장소를 공장이라 부르기는 어울리지 않기 때문이다.

어둠에 우리 홍채가 적응하고, 붉은색 전기 난방등의 빛에 의해 콩나물의 적나라한 모습이 드러나기 시작한다. 거대한 스테인리스 박스마다 날짜별로 콩나물들이 가득 들어차서 자라고 있다. 조용한 아우성이 들리는 것 같다. 알다시피 콩나물은 빛을 피해서 기른다. 싹을 틔우는 것이 아니라 그저 '뿌리'를 기르기 위한 것이기 때문이다. 그 뿌리(정확히 말하면 배축이라는 기다란 몸통과 뿌리)가 바로 식용하는 대상이다. 그래서 광합성을 의도적으로 방해하기 위해 어두운 환경을 만들어준다.

"이 녀석들을 보니 환희심이 일어, 환희심이."

동원 스님의 낮은 탄성이다. 상자 안에 저마다 살겠다고 고개를 내밀고 애를 쓰는 콩나물들이 가득한 광경을 보시고는 하는 말씀이다. 콩나물은 아주 예민한 생명이다. 물을 주고 어둡게 하면 자라긴 하겠지만, 좋은 품질을 얻자면 더 세세한 조건이 필요하다. '참맛콩나물'이라는 이름으로 오랫동안 무농약의 좋은 콩나물을 생산해온 신 사장은 콩나물에서는 박사로 통한다.

"대략 20도 정도의 온도를 연중 유지해줘야 해요. 그러니 겨울에는 따뜻하고 여름에는 시원한 곳입니다. 물이 중요한데 당연히 맑고 좋은 물을 줘야 콩나물이 맛있지요."

신 사장은 물의 산도를 조절해서 알칼리수를 만드는 방법으로 콩나물의 품질을 높이고 있다. 콩나물에 따로 주는 것 없이 오직 물만 주기 때문에 그 물의 중요성이 더욱 높은 까닭이다. 물 주는 기계가 콩나물 통이 놓인 장소를 몇 번이고 왕복하면서 가늘고 곱게 물을 주고 있다.

●
어머니는 어찌 그 많은 식구들 먹을 상을 차렸을까

1일차 녀석들은 누워서 조금 뿌리를 내밀고 있다. 날짜가 거듭될수록 몸을 일으킨다. 4, 5일차가 되니 곧바로 서 있다. 땅에 심은 게 아닌데도 콩나물이란 이 생명은 마치 우주의 섭리대로 그렇게 몸을 만들어간다. 이렇게 자란 콩나물은 7일차면 시중에 나간다. 갓 뿌리를 낸 어린 것들 이 불과 1주일 만에 먹음직스러운 콩나물로 변하는 것이다. 콩나물은 전형적으로 '밀식' 상태라야 오히려 잘 자란다.

"우리가 갓 출가해서 교육받을 때 스님들이 그랬어요. 콩나물처럼 빡빡하게 눌러 길러야 잘 자란다고. 그때는 그 소리가 섭섭했지요. 좀 풀어주고 그러면 좋을 텐데 싶었던 거지. 엄하게 길러야 좋은 중이 된다 는 말씀으로 지금은 새겨들어요."

스님의 회고다. 아닌 게 아니라 콩나물은 서로 머리를 맞대고 기를 쓰며 자란다. 콩나물이 들어 있는 통은 높이가 가슴께에 이르는데, 키 가 고작 몇 센티미터에 불과한 콩나물이 몇 겹으로 층층이 자라나고 있 다. 안쪽에 손을 넣어보니 따뜻하고 살짝 후끈한 느낌도 있다.

"그게 바로 호흡 열에 의해서 자랄 수 있는 환경이 됩니다. 많이 올 라가면 40도까지도 됩니다. 그러나 너무 높기만 하면 콩나물이 상해요. 그래서 물을 뿌려주면 열도 식히고 영양도 주는 것이지요."

255

겨
울

콩나물

아침 8시에 출근해서 저녁 6시까지 콩나물을 돌본다. 하루에 세 번 출하하고, 매번 같은 일이 반복된다.

스님이 날짜별로 쑥쑥 자라 모양이 다른 콩나물들을 한참 들여다본다. 그러고는 "이뻐, 이뻐"를 연발하신다. 정말 꼬리를 꼬불꼬불하게 말고 있는 콩나물들이 귀엽게 보인다. 스님은 절집 음식이라면 콩나물과 두부가 먼저 생각나신다고 한다. 제사가 많은데, 수행 음식으로 좋고 속이 편안하며 값도 좋은 게 그것들만 한 게 뭐가 있겠느냐는 말씀이다.

"초파일 같은 때는 콩나물이 아예 통째 일고여덟 개는 들어와야 얼추 맞출 거야. 정말 쓰임새가 많은 게 콩나물이지."

흔히 콩나물은 생으로 먹지 않는다. 숙주는 생으로 먹더라도 콩나물은 비리다는 인식이 있다. 신 사장이 생콩나물을 권한다. 하나씩 먹다보니 자꾸 손이 간다. 전혀 비리지 않고 고소하고 향긋하다. 좋은 콩나물은 날로 먹어도 좋다는 얘기다. 샐러드 같은 무침을 해도 좋겠다.

기를 쓰고 자라려는 콩나물의 초발심

요즘 콩나물은 위기의 식품이다. 소비량이 계속 줄고 있기 때문이다. 한창 자랄 때 집안 찬에 빠지지 않았던 콩나물. 소싯적 기억도 있다. 어머니는 돈 40원을 주시면서 꼭 20원어치씩 두 봉지를 사라고 말씀하셨다. 그래야 양이 많다는 생각이었다. 그것이 사실인지는 모르겠지만, 그렇게 흔하게 콩나물을 먹었다. 무침도 맵게 순하게 맛의 변주를 주었고, 국에다가 콩나물밥, 온갖 찌개에도 빠지지 않았다. 한겨울 시원한 동태찌개에 콩나물을 어떻게 빠뜨릴 수 있었겠는가. 고단하고 어려운 시절, 콩나물 없이 어머니는 어찌 그 많은 식구들 먹을 상을 차릴 수 있었겠는가.

"예전에 절집에 뭐 먹을 게 있었나요. 늘 보는 게 콩나물이라 지겹기도 했지. 콩나물밥, 갱죽 같은 거 정말 많이 먹었어요. 콩나물은 수행자들에게 좋은 음식이라고 생각해요. 순하고 여리며 독이 없어요."

스님은 손수 콩나물을 기른다. 마침 요리를 위해 절에서 한 봉지 거둬오셨다. 콩나물 전문가인 신 사장이 보더니 '잘 기르셨다'고 한다.

"콩나물을 길러보면 이런 생각이 들어요. 모난 것 깎아가며, 모자란 것 보태가며 저렇게 똘똘 뭉쳐서 힘써 자라는 게 무언가 세상에 전하고 싶은 말이 있는 게 아닌가. 기를 쓰고 자라려는 콩나물이 초발심이

"모난 것 깎아가며, 모자란 것
보태가며 저렇게 똘똘 뭉쳐서 힘써
자라는 게 무언가 세상에 전하고
싶은 말이 있는 게 아닌가."

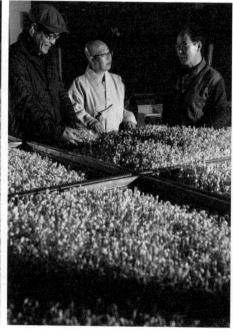

아니고 뭔가 싶고."

요즘 사찰음식이 대중들에게 인기가 있는데, 기왕이면 절집의 음식을 통해서 절제와 사랑 같은 선한 마음을 배워가야 옳은 게 아닌가 말씀하신다. 조리법이 전부가 아니라는 일침이다. 하긴 조리법이야 책이나 인터넷에도 있다. 말씀을 얻는 것이 어려운 법.

요즘 콩나물 소비량이 줄어드는 것은 단지 기호의 변화가 원인의 전부는 아니다. 이른바 '집밥'을 먹는 환경이 줄어들고 있는 것이다. 어머니와 아내가 준비하는 따뜻하고 정이 있는 가족 식사의 붕괴를 의미한다. 어쩌면 콩나물이란 잠수함의 토끼처럼 가족 붕괴의 신호 상징물인지도 모른다. 산소가 부족하면 토끼가 먼저 알아채듯, 콩나물 맛을 잃어버리는 것은 전통적인 가족상이 무너진다는 뜻일 수도 있겠다.

"집에서 어머니가 콩나물 다듬고 요리하고 그런 환경이 무너진다는 뜻인 것 같아. 인스턴트 음식에 콩나물이 나올 리 없고. 하⋯⋯."

관세음보살. 스님의 탄식이다.

콩나물은 통통한 게 아니라 꼬불꼬불하고 곱슬한 것

"그렇지 않아도 좋은 콩나물 기르는 사람들이 아주 힘들어졌어요. 사먹는 음식은 원가를 줄여야 하니 콩나물을 좋은 걸 쓰기 어렵지요. 경제가 어려우니 저가 재료가 더 많이 나도는 데도 영향을 주고."

내가 일하는 식당에서 콩나물로 직원들 음식을 만들곤 한다. 재료상에게 주문을 하는데, 콩나물 맛이 별로다. 혹시나 해서 산지를 봤다.

겨울

중국산이다. 콩나물도 중국산이 있는지 그때 알았다. 재료상은 국산을 찾는 가게가 거의 없으니 따로 요청하지 않으면 중국산을 공급하는 것이다. 헌데 그 여리고 약하며 값도 싼 콩나물까지 중국산을 먹어야 하는지 신 사장에게 물었다.

"네. 콩나물을 다 키워 들여오는 게 아니라 중국산 콩을 쓰면 원산지가 그렇게 됩니다. 발아를 시키는 게 아니니까 콩 그 자체로 보는 거예요. 그래서 중국산이라고 표기해야 합니다. 국산 콩은 비싸니까 중국산을 쓰는 것이지요."

알아야 면장을 한다고, 콩나물도 우리가 배워가며 사먹어야 한다. 성장촉진제 문제도 그렇다. 시중에 나오는 다수의 콩나물은 촉진제를 쓴다. 성장이 빠르고 줄기가 통통하며 잔뿌리가 없어서 손질이 편하기 때문이다. 흔히 '찜용'이라고 하여 통통한 콩나물은 거개 촉진제를 썼다고 보면 된다고 한다. 그 촉진제 이름을 보통 '인돌비'라고 하는데 무게가 늘어나니까 제조상들이 애호한다.

"보통 콩 무게에서 약을 안 쓰면 5백 퍼센트쯤 나물이 나옵니다. 약 쓰면 8백 퍼센트가 나오니까 유혹을 견디기 어려운 것이지요. 사람들이 '통통해서 좋다'고 하니까 더 그런 거예요. 콩나물은 원래 꼬불꼬불하고 곱슬한 게 맞아요. 잘 생각해보세요. 옛날 콩나물 모양이 어떻게 생겼는지."

스님이 고개를 끄덕인다. 신 사장이 콩나물회사 사장이 된 건 아주 우연이었다. 그는 원래 다른 농사를 지었다고 한다. 어느 날, 〈농민신문〉 1면에 '농약 콩나물 말썽'이라는 기사를 읽었다. 충격이었다. 자신이 좋은 콩나물을 길러보고 싶었다. 친구가 "네가 농약 안 치고 기르면 내가 손에 장을 지진다"고 장담했다. 그만큼 촉진제 쓰는 것이 대세였다. 그는 그렇게 콩나물을 시작했고, 최초의 다짐대로 한 번도 약 없이 1주일짜리 '아이들'을 수없이 길러냈다.

스님이 콩나물로 요리한다. 찜이다. 아삭하고 고운 향이 입안에 가득 퍼진다. 고생했다, 애들아. 1주일 동안 자라고, 그렇게 길러낸 생명이 음식으로 만들어져 우리 몸을 채운다. 내 몸은 본디 우주이니, 저 생명들의 보탬이 그저 가벼울 리가 없다. 마지막 콩나물 한 점까지 다 잘 먹었다. 건물 밖에 아직 바람은 차고 멀리 산에는 잔설이 가득하다. 그저 동그란 콩 한 톨이 늠름하게 자라듯 계절도 이내 오리라.

스님이 돌아서는데, 옷깃이 일으킨 바람이 문득 부드러웠다.

겨울

콩나물

동원 스님의
매콤 고소한
콩나물찜

준비하세요

콩나물 300g, 미나리 30g, 청양고추 2개, 홍고추 1개,
통깨 1큰술

양념장(집간장 1큰술, 고추장 1큰술, 채수 1/2컵, 생강즙 1작은술,
고춧가루 2큰술, 들기름 2큰술, 고운 소금 약간)

이렇게 만들어요

1 콩나물을 깨끗이 씻어서 물기를 뺀다. 미나리는 4cm
  길이로 자르고, 청양고추와 홍고추는 꼭지와 씨를
  제거하고 잘게 다진다.
2 분량의 재료를 섞어 양념장을 만든다.
3 궁중 팬에 콩나물을 넣고 양념장을 부은 뒤 중간
  불에서 익혀가며 뒤집어준다.
4 김이 나고 콩나물이 익으면 마지막으로 미나리와 다진
  고추를 넣고 뒤섞은 다음 통깨를 뿌려 그릇에 담아 낸다.

tip 콩나물은 처음부터 뚜껑을 열고 조리하거나, 뚜껑을 닫고
완전히 익힌 후 뚜껑을 열어야 비린내가 나지 않는다.

성질이 순해 위에 좋은 콩나물

콩나물은 수분이 많아서 익히면 양이 많이 줄어든다. 살 때 그 줄어들 양을 어림하는
게 좋다. 콩나물로 속을 다스려서 위장병을 고친 이들도 있다. 성질이 순하기 때문이
다. 섬유질의 왕이기도 하다. 잘 물리지도 않아서 식이요법을 오래 진행할 수 있다. 말
린 콩나물로 차를 내어 먹기도 한다. 간에 병이 있는 이들이 쓴다고 한다.

겨
울

(콩나물)

시금치

빈 겨울 들판에 시금치 저 혼자 푸르다

원 상 스 님 과 떠 난 시 금 치 여 행

통도사는 초행이다. 올라가는 길에 묘한 떨림이 있다. 상행을 기준으로
왼쪽은 차가 다닐 수 있는 길이고, 오른쪽 보일 듯 말 듯하게 나무 사
이로 오랜 소로가 그대로 놓여 있다. 기름을 태우면서 왼쪽 길로 올라
가면서 그 길을 보았다. 출타 다녀오는 스님네들이 느릿느릿 걸음을 옮
기신다. 저 길을 오간 옛사람들을 생각하니 문득 눈시울이 뜨거워진
다. 인연이 억겁처럼 쌓인 길이다. 내려갈 때는 저 길을 걸어보리라, 생
각한다. 인간사도 그런 것이 아닐까. 잘 닦인 길의 속도를 고를 것인가,
아니면 소로를 천천히 걸어갈 것인가. 통도사 입구에서부터 작은 생각
에 빠진다.

씻고 절이고 양념 치고, 그러니 순리대로 되었어요

겨울답지 않게 따뜻한 날, 가람 배치를 볼 새도 없이 원주실에 들러 도
안 스님과 농감農監인 서일 스님께 절을 올린다. 절은 인간이 가장 낮은
곳으로 몸을 내리는 행위이니, 본디 사邪가 없다고 했다. 여담인데, 남이

겨
울

(시금치)

절하는 모습을 보는 건 뭐랄까 가슴 뭉클한 감동을 준다. 스님이 차를 내시는데 무차다. 그러니까, 무로 만든 차라는 말이다. 무는 밭에서 흔히 자라는 작물이니 선골이 느껴질 리 만무하지만 통도사에서 마시는 차인 까닭일까, 머리 뒤 척추를 타고 긴장이 서늘하다.

"감 좀 드셔보세요. 선방 앞에 감나무가 있어요. 올해 감이 잘 되었어."

달고 은은한 대봉이다. 이 즈음 원상 스님이 들어오신다. 겨울 준비에 유달리 바쁜 철, 스님들 안색에 피곤이 내렸다. 김장을 마친 지 오래되지 않았다고 한다. 연료부터 챙겨야 했던 옛 월동 준비보다는 덜하지만, 그래도 머무는 스님에 대중들까지 워낙 붐비는 절이라 그 준비가 여간하지 않을 것이다.

통도사는 우리나라에 다섯밖에 없는 총림이다. 총림叢林이란 수행하는 선원과 경전 교육기관인 강원, 계를 교육하는 율원을 모두 갖춘 사찰을 이른다. 통도사를 비롯하여 해인사, 송광사, 수덕사, 백양사 등이다. 절 살림의 무게가 바위 같고, 폭은 바다처럼 넓으리라. 아닌 게 아니라 농감 계신 사찰이 어디 흔하던가. 서일 스님은 햇빛에 그을고, 바람에 거칠어진 풍모다. 원상 스님의 안내로 통도사에서도 외부인에게 금문禁門인 전통적인 부엌을 구경한다. 장작 때는 커다란 가마솥이 위엄 있다. 완벽하게 닦이고 정리되어 있어 통도사의 율법이 저 공양간의 솥에서부터 시작한다는 걸 알겠다.

알다시피 통도사는 영축산靈鷲山에 자리한다. 영축은 신령스러운 독수리라는 뜻이다. 부처님이 설법했던 인도의 산 이름과 같다. 1,081미터의 악산惡山이다. 험하기로 소문난 영남 알프스의 한 축이기도 하다. 그 산 봉우리 사이에 통도사가 자리 잡고 있다. 서일 스님의 안내로 산 쪽으로 길을 골랐다. 거칠고 좁은 길을 따라 흔들리는 차창에 겨울 산의 위엄이 우뚝하다. 그러고는 잠시 경탄이 나오는 장면이 연출된다. 놀랍게도 그 험한 영축산의 봉우리들 사이로 마치 무릉의 복숭아밭이라고 해도 될 너르고 평안해 보이는 들판이 쭉 펼쳐져 있다. 과거부터 천 석의 농사를 지어냈을 것 같다. 지각 변화로 생겨난 자연의 결과물이라고만 말하기에는 그 영험함이 다 설명될 것 같지 않다. 흙은 따사롭고 기름지다. 김장이 끝난 지 오래되지 않아 원상 스님의 무용담(?)이 궁금했다. 어마어마한 양의 김장이 있었을 테니까.

"모르겠어요. 그저 배추를 씻고 절이고 양념 치고, 해야 하니까 하는 일이고 그것이 순리대로 다 잘 되었어요. 누가 언제 그렇게 엄청난 배추, 무를 보기나 했나 뭐(웃음)."

이런 걸 부처님 가피를 입었다고 하나. 잠시 웃음꽃이 핀다.

서일 스님의 농감직은 불보사찰 통도사의 공식 직책이다. 10개의 주요 부서 가운데 하나를 차지한다. 대찰엔 대개 농감이 계시었으나, 이제는 점차 직무하는 스님이 없어지고 있는 추세다. 세상은 변한다. 허나 농사는 통도사의 정신적 육체적 수행의 한 방편이면서 동시에 오랜 전통이다. 통도사는 그 전통을 아직 지켜가고 있는 셈이다. 바로 그 너른 천 석의 땅에서 말이다.

겨울

시금치

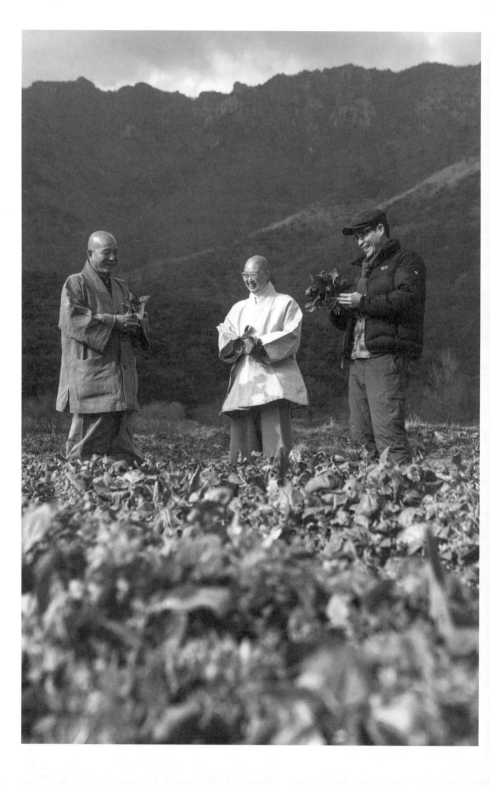

조금 모자란 듯, 결핍이 만들어내는 각성

겨울 초입이 지났는데 아직도 들에 푸른 기운이 남아 있다. 꼿꼿한 대가 솟아 있는 상추며 근대다. 잎은 작으나 얼마든지 더 따먹을 수 있겠다.

"움이 봄까지 계속 올라와요. 저 봉우리를 보세요(산세가 험한 돌산이 너른 들판을 호위하듯 둘러싸고 있다). 저기, 저것이 어미의 젖처럼 생겼습니다. 젖이 끊임없이 흘러 이 들판을 적시지요. 만물이 어미의 품에서 자랍니다."

그러면서 서일 스님이 상추 한 포기를 어루만지면서 "아직도 살아 있네" 하며 혼잣말을 하신다.

들판이 너르고 평안해 보이지만, 가혹한 영남 알프스의 자락은 여지없다. 밤이면 바람 소리가 매서워 번민하는 선승들의 잠을 깨운다. 영축산의 깊이와 너비를 위력하듯, 돌풍이 불어서 만물의 고요를 뒤집어버린다.

"농약은 칠 일이 없고. 대신 퇴비를 잘 해야지요. 퇴비도 그저 준다고 다 되는 일이 아닙니다."

서일 스님의 생육론은 좀 독특하다. 퇴비를 조금 모자란 듯하게 내야 한다고 말씀하신다. 그래야 작물이 저마다 자라기 위해 애를 쓰고 그것이 맛과 영양으로 응축된다는 것이다. 결핍이 만들어내는 각성이랄까. 갑자기 서늘한 겨울바람이 온화하던 들판에 휘몰아친다. 서일 스님의 청동빛 얼굴이 바람에 거칠다.

"이렇게 키운 푸성귀가 후원後園으로 가서 공양간 음식이 됩니다. 양이 충분해요. 요즘 절에서는 드문 일입니다. 다 영축산 이 들판의 힘입

겨울

시금치

니다."

들판을 잘 보려거든 서 있지 말고 앉아야 한다. 그래야 들의 시선으로 작물을 보게 된다. 더 낮게 시선을 내리니, 밭과 흙이 보인다. 겨울인데 밭을 갈아두었다.

"겨울에 이미 농사가 시작됩니다. 갈아두어야 겨울에 내리는 눈과 비가 알갱이 사이사이로 들어가 공간이 생깁니다. 나중에 거름을 주면 그 공간을 집삼아 들어앉게 되지요. 무작정 거름 준다고 땅이 다 받아주는 게 아닙니다."

거름이 흙에 붙자면 그만큼 땅에 대해 이해하고 사랑을 주어야 한다. 씨가 뿌리내리고 양분을 빨아들여 자랄 수 있게 해야 한다.

"농사란 자식 기르는 것과 같은 일이니까……."

오직 겨울 들판에 시금치가 혼자 푸르러 제철이다. 섬초라고 부르는 종자의 시금치가 나오기는 아직 이르고, 이 노지에 잎이 넓고 키가 훌쩍 큰 시금치가 자란다. 뿌리까지 뽑지 않고 솎아내면 계속 자라서 넉넉히 제 살을 준다. 쌈도 되고 샐러드도 되고 물론 나물도 된다. 이 겨울, 김장 말고 푸성귀가 없던 시절에 시금치는 너무도 귀중한 푸르름이었을 것이다.

고소하고 진하며 알싸한 이런 시금치 뿌리라면

농감스님을 뵈니, 수월 스님의 수행을 생각하게 된다. 경허 스님의 제자로 오직 장작 패기와 가마니 짜기, 농사짓기와 마당 쓸기로 불법을 이루었던 수월 스님. 다라니를 칠 때면 불처럼 방광이 일어 민가의 사람들이 산중에 불이 난 줄 알았다던 수월 스님.

"정혜사에 수월 스님이 주석했었지요. 저도 그 절에서 농사를 지었습니다."

통도사는 법회를 하면 1천 명이 넘는 대중이 모이고, 스님만 해도 150명이 넘으니 조석으로 찬거리 대는 일이 고된 절이다. 수도하는 데 좋은 음식을 대는 것이 농감스님의 의무이기도 하다.

"싱싱하고 약성 좋은 채소를 내고 스님들이 입맛을 잃지 않게 하는 게 중요한 일입니다."

이렇게 겨울을 넘기고 봄에 움을 틔워 자라는 채소가 아주 약성과 맛이 뛰어나다고 스님은 말한다. 그것도 노지에서 바람과 싸워 이겨낸 채소임에랴. 겨우내 살기 위해 영양을 뿌리와 잎에 응축하는데, 그것을 우리는 곧 '맛'이라고 부른다고 하신다.

"쓴 채소가 정진에 좋습니다. 건강도 지켜주지요."

뿌리의 생장점만 건드리지 않으면 겨우내 채소가 죽지 않고 버티고 있다가 봄을 맞아 싹을 틔운다. 놀라운 이 자연의 위대함이라니.

"그러다가 온도가 더 높아지면 씨를 맺어요. 따뜻한 땅에 새끼를 낳는 것이지요. 생명의 신비, 놀랍지 않나요?"

한겨울, 추운 곳에서 반드시 지내야 하는 작물이 많다. 인간은 하우스 시설에 그런 작물을 내기 위해 일부러 냉장고에 씨앗을 두기도 한다. 지혜일 수도, 변하는 세상의 대세일 수도 있겠다. 그래도 제철 감각은 중요한 일이 아닐 수 없다. 봄에 싹이 올라오는 채소가 맛과 향이 강

겨울

시금치

하다. 겨우내 응축되어 있던 것이다. 한창 푸성귀의 수확이 많을 때는 매일 점심은 쌈이 되는데, 상추와 풋고추, 호박잎, 쑥갓 같은 것들을 오래 댄다.

가을, 겨울, 봄까지 수확하고 먹는다. 이런 시금치는 약성이 강하고 맛도 좋다. 쓴 채소들은 수행 정진에 좋다. 입맛을 돋워 건강을 지켜준다. 그것이 농감의 소박한 의무이기도 하다.

시금치를 딴다. 뿌리를 뽑아본다. 건강하고 힘이 세다. 향이 더덕이나 인삼 못지않다. 뿌리가 이렇게 튼튼하니, 그것이 피워낸 잎은 얼마나 건강하고 맛이 있을 것인가. 뿌리를 씹어본다. 놀라운 맛이다. 고소하고 진하며 알싸하다. 이런 시금치 뿌리라면 말려서 덖은 후 차로 마셔도 좋겠다는 생각이 든다. 서일 스님은 출가 후 밭이 많은 곳에서 수행하다 보니 농무農務를 많이 하게 됐다. 원래 대학에서 농업을 전공한 것이 그 인연이 되었다.

"농사가 인간사의 한 압축판이라는 생각이 듭니다. 김매기도 그래요. 자, 여기 시금치 보세요. 잡초랑 섞여 있어요. 서로 사이좋게 돋아나 있습니다. 그러나 땅 아래서는 서로 살기 위한 뿌리 싸움이 치열합니다. 잡초를 무조건 김매기 잘해준다고 작물에 좋은 게 아니에요. 경쟁에서 이기도록 유도해주는 것도 농사입니다. 그러다가 잡초보다 먼저 쑥쑥 자라서 햇빛 경쟁에서 이기면 자연스레 잡초는 무너지지요."

농사가 무릇 도라고 했던가. 이 절묘한 생명의 법칙. 마음에 낮은 전율이 인다.

인간이 맛있으면 작물이고 맛이 없으면 잡초다. 다 같은 풀인데 말이다. 그리하여 우리의 윤회와 출생이 더욱 공교롭고 감사할 뿐이다. 어떻게 덕을 쌓고 수행해야 할지 깨닫게 되는 일을 여기 풀 한 포기, 시금치 한 줄기에서 볼 수도 있겠다.

원상 스님과 함께 시금치를 따서 생명과 자연의 맛을 가르치는 교육장으로 이동한다. 서일 스님이 손을 흔드신다. 스님은 다시 저 바람과 싸워갈 것이다. 원상 스님을 도와 시금치를 손질한다. 시금치는 부드러워서 샐러드나 쌈으로 먹기 좋고 국으로 끓여도 훌륭하다. 물론 오늘 요리처럼 전을 부쳐도 최고다. 겨울의 힘이 응축되어 있는 푸성귀다.

"겨울 시금치는 아주 고마운 존재지요. 생명이 없는 것 같은 들판에서 푸르게 싱싱하니까."

스님과 헤어져 서울로 온다. 짧은 하루가 진다. 겨울을 견뎌내는 일에 대해 생각한다.

겨
울

시금치

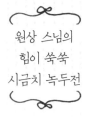

원상 스님의
힘이 쑥쑥
시금치 녹두전

준비하세요

녹두 불린 것 1컵, 시금치 50g, 두부 30g, 홍고추 1개,
소금, 들기름, 부침유

간장 소스(맛간장, 식초, 다진 잣 1작은술씩)

이렇게 만들어요

1 시금치는 1cm 정도 크기로 자른다.
2 불린 녹두를 믹서에 갈아질 만큼의 물을 붓고 곱게
   갈아내고, 갈은 녹두에 으깬 두부와 시금치를 잘 섞어
   소금으로 간한다.
3 프라이팬에 들기름과 부침유를 두르고 한입 크기로
   약간 도톰하게 구워낸다.
4 홍고추는 동글동글하게 썰어 위에 한 개씩 장식한다.
   다진 잣을 넣은 식초간장을 함께 곁들여 낸다.

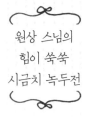 시금치에는 비타민 A가 많이 들어 있고, 비타민 C, B$_1$, B$_2$,
B$_6$, 요오드, 칼슘 등의 영양소도 듬뿍 들어 있다. 특히 붉은 뿌리
에 들어 있는 망간(Mn)은 피를 만드는 데 꼭 필요한 성분으로 인
체에 중요한 역할을 한다.

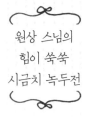

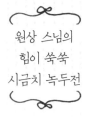 **가볍게 씻어 날로 먹는 겨울 시금치**

겨울 막바지의 시금치는 정말 달고 맛있다. 삶지 않고 가볍게 씻어서 날로 먹는 걸 좋
아한다. 된장 쌈이 아주 제격이다. 샐러드도 좋은데, 올리브유나 들기름 한 큰술에 좋
은 식초 반 큰술, 소금을 약간 섞어서 거품기로 잘 휘저으면 시금치 한 줌 정도의 양에
맞는 드레싱이 된다. 된장 드레싱도 좋다. 위의 드레싱에 소금 대신 된장을 한 작은술
섞으면 된다. 간장 드레싱을 하고 싶다면 국간장 반 작은술 정도가 적당하다.

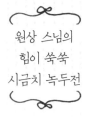

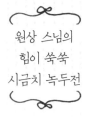 275

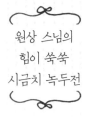 겨
울

시금치

미역

겨울 새벽바다에 미역을 걷어올리는 어부가 있다

도 림 스 님 과 떠 난 미 역 여 행

내려갈 때 울산역에서 기차를 내렸다. 돌아올 때는 부산역에서 기차를 탔다. 기장機長에 미역 보러 가는 길이었다. 재미있게도 울산역-기장 간이든 부산역-기장 간이든 시간이며 거리가 흡사했다. 기장은 부산광역시에 속하고, 그러니 남해의 일부로 생각하던 사람에게는 의아한 지리적 위치다. 정확히 말하면 기장은 남해와 동해의 경계에 속한다. 그러면서 동해의 식생을 더 많이 보여주는 것도 특징이다.

●
지가 알아서 크는데 양식이라 카기도 뭐하고

기장 곳곳에는 해송이 우뚝우뚝 솟아 있다. 우리가 찾아갈 김광선 씨댁(심명자 명품기장미역집)은 생긴 지 오래된 복잡한 골목과 밀집한 가옥들 사이에 있었지만 찾기 쉬웠다. 기장군 죽성리의 상징처럼 되어 있는 해송 밑에 집이 있기 때문이었다. 해송은 동해안에서 흔하게 볼 수 있는 식생이다. 무엇보다 우리는 미역을 찾아왔는데, 기장 미역은 동해안 미역에 속한다. 일찍이 조선시대의 허균은 유명한 한글소설 말고도 우

겨울

리 음식사에서 매우 중요한 저작 하나를 남겨놓는다. 바로《도문대작》이다. 1611년에 쓴 글이니, 음식 관련 서적으로는 아주 오래되었다. 그가 전국을 다니며 맛본 최고의 음식을 기록하는데, 삼척의 미역이 나온다.

"조곽(早藿, 올미역)은 삼척에서 정월에 딴 것이 좋다(産 三陟者 正月而生)."

삼척 미역이 당시나 지금이나 최고인지 논란이 있을 것이다. 그러나 동해 미역의 품질을 설명하는 데 부족함이 없다. 기장은 동해안에서도 양이 많은 편이고, 품질도 뛰어나 명성을 얻기 시작했다. 옛 신문을 보면 함경도와 강원도의 미역이 많이 나온다. 이런 미역을 입곽卄藿이라고 불렀다. 확실히 이 땅의 동쪽 바다에서 나오는 미역(당시에는 자연산이 많았다)은 최고의 품질이었던 모양이다.

김광선 씨는 우리 취재 일행을 맞았다. 개량식으로 지은 주택 앞에 너른 건조장이 있다. 지붕도 없이 묵정밭 위에 임시로 건조장을 설치한 것이다.

"미역이 나오고 말루고(말리고) 하는 건 짧다 아임니꺼. 건조장이 상설로 있는 게 아이고요."

보통 설 전후로 미역을 수확한다. 우리가 취재할 무렵이 1월 말이니 아직 이르다. 그러나 올해 미역은 더디다.

"절반 정도밖에 안 자랐어예. 인자 마이 자랐어야 하는데 물이 뜨듯해가……."

올해 수온이 높다. 엘니뇨 때문이라고 한다. 1월 하순께 외에는 겨울 들어 계속 날씨도 따뜻한 편이었고 수온도 높으니 미역이 스트레스를 받았다.

기장군 죽성은 미역의 주산지다. 그가 모는 야마하 60마력짜리 에프 알피 배를 얻어타고 미역밭으로 나간다. 군데군데 아름다운 바위들이 있다. 갯바위에 붙은 낚시꾼들이 보인다. 바다는 청아하게 맑았고, 청신한 냄새를 풍겼다.

"저런 바위들에 돌미역이 붙습니더. 아직 딸 때는 안 됐고. (양식에 비해) 서너 배 비싸지요. 양식도 말이 양식이지 뭐 우리가 하는 게 없심니더. 지가 알아서 다 크는데 양식이라 카기도 뭐하고."

아닌 게 아니라 그저 줄에 감아놓고 거두는 게 일의 대부분이다. 먹이를 주는 일도 당연히 없다.

"그래도 늘 챙기고 보살피고 하니까 새끼 기루는 것과 다를 바 없지예."

미역은 우리 민족의 중요한 반찬이면서 동시에 일종의 '목숨'처럼 애지중지했다. 새로운 목숨을 낳은 산모의 필수 품목이었고, 관가나 궁에 올리는 진상이나 세금조로 보내는 우선 품목이었으며, 나중에 근대에 들어서는 물가의 기준이기도 했다. 요즘에 예전보다 훨씬 미역을 덜 먹는 것 같다. 물가 기준에서 미역은 중요한 위치에서 내려왔다. 대신 짜장면이나 설렁탕, 심지어 핸드폰 가격이나 통신비용이 들어갔다.

자주 들여다보는 그 마음이 참 어렵지요

〈동아일보〉 1921년 8월 15일자에 나온 그날의 공설시장 물가다. 아마도 동대문시장인 듯하다. 쌀, 새우젓, 쇠고기 등의 가격과 함께 미역이 빠지지 않았다. 가격도 꽤 비쌌다. 건고추 한 말에 50전에 불과했으니,

겨울

"미역 붙은 줄을 바다에 내리모
일이 끝난 것 같아도 자주 들여다보고
잘 자라나 봐줘야 합니다. 그동안 마음이
참 어렵습니다."

미역 한 두름의 가격 3원 50전은 꽤 높은 것이었다.

부인 심명자 씨는 물질을 나갔단다. 그이는 해녀다. 죽성리 입구의 정자 옆에는 해녀상이 서 있다. 억척스러운 생활력으로 한 시대를 풍미한 여성의 직업으로 해녀를 능가할 것이 별로 없을 것 같다. 해녀는 물옷을 입으면 해녀가 되고, 옷을 벗으면 농사꾼이 된다. 그리고 식구들 챙기고 살림한다. 우리가 김씨를 따라 미역밭에 다녀오니 그새 아내 심씨는 물질에서 돌아와 수확물을 들고 기장시장에 나갔다. 이 마을에 오기 전에 들렀는데 오일장이 있었던 모양으로 시장이 제법 흥청거렸다. 그 장에 나가 돈을 바꿔 오실 것이다.

"그만 하라 해도 기어이 나갑니다. 뭐 전복, 소라, 낙지, 성게 같은 걸 잡심니더. 요새 귀한 말똥성게가 나오는데, 좀 잡았나 모르겠네."

미역은 자연산은 알아서 자라고, 대부분의 양식은 11월에 시작된다. 먼저 미역 종자를 받아야 하는데, 대개 일정 정도 키워서 실처럼 말려 있는 것을 한 타래에 얼마씩 주고 사들인다. 이것을 줄에 붙여서 바다에 넣는 것이 골자다.

"한 타래에 3만 원 합니다. 이걸 뭍에서 150미터짜리 줄에 감아서 11월에 입수를 하모, 인자 미역이 자라는 기라."

미역 '새끼'는 꼭 파래처럼 가늘고 잘다. 이것이 바닷속에서 자연의 영양을 먹고 자라 질깃하고 튼튼한 미역이 되는 것이다. 꼬박 111일을 자라야 상품이 된다.

"미역 붙은 줄을 바다에 내리모 일이 끝난 것 같아도 자주 들여다보고 잘 자라나 봐줘야 합니다. 그동안 마음이 참 어렵습니다."

미역은 추운 바람과의 싸움이다

미역은 날씨가 추워야 잘 된다. 자라는 동안 더우면 심지어 죽는 경우도 있다. 2월에 뜯기 시작하는데, 대량으로 기르는 곳은 크레인으로 끌어올리고, 소량씩 기르는 곳은 사람 손을 빌려 자르고 뜯어낸다. 바다 위에서 하는 일이라, 거친 바닷바람을 맞으며 악전고투가 이어진다. 줄에 매단 미역은 자라면서 무거워지는데, 가라앉는 걸 방지하기 위해 부자라고 하는 부유물을 띄워놓았다. 마치 어린 자식들을 지켜내는 구조대 같다.

도림 스님은 지난봄에 하동에서 고사리를 같이 뜯었던 인연이 있다. 스님은 같이 움직이는 일행을 위해 늘 이것저것 챙기시느라 바쁘다. 사진 찍는 최 작가가 앵글을 맞추느라 흔들리는 배에서 안색이 노래지자 걱정이 앞서신다. 뱃멀미를 할 것 같아서다.

얼추 자란 미역도 꽤 있다. 줄에서 미역을 조금 뜯어내본다. 스님은 커다란 미역을 보고 함박 웃으신다.

"미역이 참 좋은 찬이지요. 절집에서 미역 다들 좋아해요. 국물 내기 좋고, 부각도 하고. 살짝 튀겨서 설탕 살살 뿌려내곤 했지요. 발우에 미역 부각을 담아서 쭉 돌려내면 스님들이 원하는 만큼 집어서 공양하곤 했어요. 요새는 예전 같지는 않아요. 전에는 영양이 부족한 경우가 많아 부러 미역 부각 같은 것으로 보충을 하느라 그랬으니까."

김광선, 심명자 씨 댁 미역은 2월부터 수확에 들어간다. 올해는 늦어져서 설 이후에나 시작할 것 같다.

"일찍 감은 건 설밥 묵고 바로 수확을 시작해야지예. 한 4월까지도

겨울

일을 합니다. 미역일이 예전에는 더 힘들었지예. 배도 나빴고, 동력도 없고."

미역은 추운 바람과의 싸움이다. 새벽 4시에 나가서 미역을 거둬온다. 그래야 미역이 싱싱하기 때문이다. 그렇게 미역을 건조장에 부리고 일일이 손질해서 짝을 맞추고 뒤집고 모양을 내는 일이 뒤따른다. 이때는 딸자식 셋이 동원(?)되기도 하고, 이모나 고모도 손을 거든다. 심지어 어린 손자들 손도 고마울 정도다.

무쳐 묵고, 끼리 묵고, 냉국도 해묵고……

미역은 줄기를 떼어내고 귀다리(미역귀) 자르고 이파리 부분만 잘 추려서 말린다. 이렇게 한 마디를 만들면 그것을 '한 가치'라고 하고, 그것을 스무 개 모아야 '한 손'이 된다. 그 한 손이 포장되어 팔리는 것이다. 대개 1킬로그램이 넘는 무게가 되고, 5만~6만 원 정도에 팔린다. '심명자 명품기장미역'이라는 개인 상표로 전화 주문을 받아서 파는데, 가을 전에 '완판'될 만큼 인기가 좋다.

"이쪽 미역을 쫄쫄이 미역이라 카는데, 조류가 세서 미역이 쪼글쪼글해서 붙은 별명이라예. 미역도 광합성을 합니다. 그래서 이렇게 물 가까이 줄로 붙여두는 기라. 미역 맛있게 먹는 법요? 뭐 무쳐 묵고, 끼리 묵고, 냉국도 해묵고. 하하."

김씨는 어려서 멸치 배를 탔다. 군대 제대 후에는 그 험한 북양에서 트롤 어선을 타며 명태를 잡았다.

"빙수(슬러시 상태로 언 얼음 바닷물)가 배 철판에 쩍쩍 붙는 소리가 지금도 들리는 것 같아예. 무서운 소리라, 그기. 북양 어장이 아주 힘듭니다. 나중에는 그만두고 고향에 와서 미역을 하기 시작했지예."

도림 스님은 소쿠리 가득 물미역을 딴다. 그것으로 오늘 요리를 하신다.

"물미역으로 찬을 많이 했어요. 조선간장, 참기름, 깨소금 넣고 밥 비벼 먹으면 기가 막혀요."

아, 이건 말씀만 들어도 해먹고 싶은 맛이다. 오늘 해주실 음식을 죽성마을 정자에서 풀기 시작하신다. 두부와 미역으로 경단을 내고 채수茶水에 조선간장 넣어 맛 내고 끓이는 음식이다. 정갈하면서도 품격 있다. 좋은 향이 올라온다.

김씨 부부는 물미역은 출하하지 않는다. 부가가치 좋은 건조 미역이 주업이다. 그러자니 일기예보를 끼고 산다. 비 예보 이틀 전부터 작업을 중지한다. 미역에 비는 상극이다.

맛있는 미역국 끓이는 법, 한 줄 듣고 우리는 취재를 마친다.

찬물에 건미역을 담가두되, 15분을 넘기지 않는다. 너무 오래 담그면 맛이 빠져나간다. 그 후 거품이 나게 잘 씻어야 정갈하고 장한 맛이 나온다. 조선간장으로 맛을 낸다.

맛을 내는 일. 세상사와 인간사도 맛 내는 것과 다르지 않을 것 같다. 맛 내기란 최선을 다하는 것, 조화롭게 만드는 것, 그리하여 웃음 짓게 하는 것이기 때문이 아닐까.

겨울

미역

도림 스님의 추위를 녹이는 두부완자 미역탕

준비하세요

생미역 200g, 두부 1/2모, 감자 1개, 표고버섯 2개, 홍고추 1개, 집간장 2큰술, 참기름 1큰술, 소금 약간, 전분가루 약간, 맛국물 3컵

이렇게 만들어요

1 감자는 강판에 갈고 두부와 함께 베 보자기에 짠다.
2 물기를 제거한 두부와 감자에 다진 표고버섯, 참기름을 넣고 소금으로 간해 경단을 빚어 전분가루를 입혀둔다.
3 생미역은 깨끗이 씻어 3cm 정도 길이로 썰어두고 홍고추도 같은 길이로 썰어둔다.
4 맛국물에 집간장, 경단을 넣고 끓이다가 생미역, 홍고추를 넣고 한소끔 더 끓여준다.

tip 《동의보감》에는 "해채(미역)는 성질이 차고 맛이 짜며 독이 없다. 효능은 열이 나면서 답답한 것을 없애고 기氣가 뭉친 것을 치료하며 오줌을 잘 나가게 한다"는 기록이 있다. 식이섬유와 칼륨, 칼슘, 요오드 등이 풍부해 산후조리, 변비에 탁월하고 다이어트 식품으로도 각광받고 있다.

미역죽, 간편한 아침식사

미역은 불려서 적당히 썬 후 냉동하여 쓰는 경우도 많다. 꺼내면 금세 해동되어 바로 쓸 수 있기 때문이다. 남은 밥을 넣어 죽을 끓이면 간편한 아침식사 대용이다. 국 끓이기도 편하다. 속이 불편할 때는 밥과 함께 곱게 갈아서 미음처럼 쑤어도 좋다. 미역은 염도만 주의하면 우리 몸에 아주 좋은 약성이 있다.

겨울

배추

도 닦는 일이나 배추 기르는 일이나

정 관 스 님 과 떠 난 배 추 여 행

송구스러운 일이다. 장성 백양사 천진암에 무려 두 해를 돌아 다시 왔다. 이 여행을 시작하면서 뵙고, 마지막을 정관 스님의 암자로 돌아온 것이다. 세상은 시절처럼 변하였고, 물상도 그리하였을 텐데 스님은 한결같았다. 그다지 시설이 좋다 하지 못할 천진암 부엌도 여전했다. 넓기만 한 부엌에서 스님이 지어낸 공양으로 점심을 했다. 부지런하게 찬을 고르고, 마지막에 밥을 푸는 일도 스님의 몫이었다. 얼핏 보니 스님 손마디가 굵다. 일하는 자의 손, 물에 손 넣는 자의 손, 부처님이 가장 사랑하는 손. 내가 평소 먹던 찬과 도무지 달라 기억이 하나도 나지 않는데, 원고를 쓰러 앉은 지금, 그저 밥 푸던 손만 생각이 나는 건 뭔가.

11월 단풍, 떨어지고 밟히는 것이 결코 슬프지 않은

스님이 변한 게 없는 것도 아니다. 2년 전에 준비하던 사찰음식교육관이 본래의 기획과는 좀 달랐지만, 어쨌든 '금밥우'라는 이름으로 문을 열었다. 모자란 준비는 어찌 된 일인지 이리저리 돌려서 그럭저럭 꾸려

겨울

배추

냈다 한다. 11월의 어느 날이었으니 백양사 단풍은 좀 장엄하고 아름다웠는가. 마침 애기단풍축제를 한다. 아기 손처럼 작고 붉은 단풍, 흔히 아기는 붉은색으로 묘사되고 핏덩어리라는 말을 쓰는데 이 즈음 백양사가 그렇다. 붉고 붉어서 오히려 붉지 않은 것이 어색하다. 큰절 경내에 천막을 치고 잔치 준비가 크다. 길을 걸어도 바스락, 단풍이 밟힌다. 떨어지고 밟히는 것이 결코 슬프지 않은 건 우리가 다시 태어남을 믿기 때문이다. 만물의 섭리대로.

큰절을 지나 걸어서 천진암까지 가본다. 선기禪氣가 센 암자로 본디 유명하였다는데 동안거 전이라 선방이 비어 있다. 스님이 부엌일을 하시다가 물 묻은 손을 닦고 맞는다. 차를 먼저 한 잔 내시는데, 금발우란 이름이 예쁘다 했다.

"그렇지. 석가모니 생전에 천상에서 발우가 내려왔어요. 귀한 발우, 사람 살리는 발우라 하여 각별한 의미지. 이거 짓고 자연음식교육관으로 쓰고 있어요. 사람들이 아프고 비어 있는 곳이 많으니 음식으로 고쳐보려고 하잖아. 사찰음식이 갈 길을 대중들이 먼저 아는 거지."

스님의 천진암 주석은 벌써 5년째다.

"나는 원래 길에서 도 닦는 체질인 거 같아. 한곳에 이렇게 오래 있으면 힘들어(웃음)."

최근에 아주 바쁘셨다 한다. 미국의 저명한 신문인 〈뉴욕타임스〉에 소개되고 5월에는 미국의 다큐멘터리 감독이 와서 〈셰프의 테이블〉이라는 유명한 시리즈물을 찍어갔다. 아주 흥미로운 일정이었다고 한다. 에미 상을 탄 적이 있는 저명한 프로듀서가 진행을 했다(여담인데, 이게 넷플릭스에 올라가서 한국에서도 빅히트를 쳤다. 물론 나중의 일이다).

"먼저 내 삭발식부터 하자고 했어요. 사찰음식이 그냥 영양이나 맛의 문제가 아니라 정신의 실체인 걸 보여주려고 했지. 매일 새벽 4시 예불도 참여하라고 했고. 힘들었을 텐데 재미있게 지냈어요, 촬영 팀이. 음식은 모두 사찰에서 만들어서 공양하고. 한두 끼도 아니고 20일을 그런 식사를 했어요. 계를 준 사람도 있어요. 그저 촬영이 아니라 우리 정신문화를 보여준다는 의미가 강했고, 촬영 팀도 잘 따라왔어요."

혹시 고기를 먹고 싶냐고 물었더니 '전혀'라는 대답이 돌아왔다. 낯선 음식에 고기조차 없는 이 절간의 세계에 깊게 매료된 것이었을 터.

●
배추? 뭐 아껴준 적이 있나 우리가

2년여로 마무리되는 사찰음식 기행은 우연하게도 김치로 끝난다. 미리 의도는 전혀 없었다. 제철 재료로 하는 것이 기본인데, 한겨울 제철 채소가 별것이 있는가. 속간이라면 어물이 많을 텐데, 가리고 꺼리는 것을 빼면 참 '거리'가 없었다. 그리하여 흔해서 오히려 별것 아닌 취급을 받던 배추가 우리 눈에 들었다.

"배추는 싸고 흔하다보니 대접을 못 받았어요. 김치도 그저 옆에 늘 있는 음식으로만 봤지, 뭐 아껴준 적이 있나 우리가."

스님의 탄식처럼 들리는 말씀. 여담인데, 스님은 경상북도 내륙에서부터 서해안과 전라도의 여러 절을 돌며 수행한 까닭에 사투리가 혼재되어 있다. 스스로 '표준어부터 전라도, 충청도 사투리를 다 섞어 쓴다'

겨울

고 농을 하실 정도다. 하여튼 배추, 그것도 김치가 마지막 아이템이 된 건 의미심장하다. 기본으로 다시 돌아가는 것, 이 여정의 마감으로 더 할 나위 없었다.

후보는 원래 두 개였다. 배추전과 김치. 배추전은 출가 전 스님이 흔하게 드셨던 음식이다. 경상북도 내륙에서 많이 먹는 음식이다. 고민하다가 그래도 우리 음식의 기본인 김치로 가자고 결정했다.

근처 장성군 북하면의 배추밭으로 이동했다. 스님이 잘 아시는 보살의 밭이다. 올해 김장도 이곳에서 자란 배추가 소재다. 벌레 먹어 구멍이 숭숭 뚫린 배추가 커다랗게 자랐다. 서리 내리기 전에 막 수확을 할 참이라, 듬직한 배추가 널렸다. 헌데 배추를 묶어주지 않아서 포기가 벌어져 있고 결구가 거의 드러났다.

"일부러 그런 거예요. 묶어주면 상품성이 좋고 파랗고 억센 부분이 적어서 좋아하는데, 진짜 배추김치 맛은 푸른 줄기에서 나와. 씹으면 씹을수록 고소하고 영양가도 높고."

우리나라 배추는 원래 얼갈이처럼 생긴 배추였다. 중국인들이 지금과 같은 완전 결구 배추를 이 땅에 전파했다. 결구가 단단하니 무게가 많이 나가고 즙이 많았다. 그것이 이 배추의 장점인데, 스님은 오히려 반대로 가고 있는 것이다.

"속이 노랗고 아삭한 것도 맛이 있지. 그런데 푸르고 억센 잎이 진해요. 배추의 맛답다고. 그걸 많이 쓰고 싶어서."

아, 그렇구나. 상식을 거스르는 일, 그것이 바로 하나의 깊은 경지인가.

겨울

배추

눈 속에 저 홀로 익어갈 천진암 김치

장성군 북하면 일대는 해발 6백 미터에 걸쳐 있다. 산세가 드높되 온화하다. 멀리 비안개가 몰려온다. 아니나 다를까 후드득 비가 뿌린다. 산간지방 특유의 비다. 스님과 함께 비를 맞으며 촬영한다. 이 시리즈의 마지막 촬영이라니. 살짝 내 마음에 맺히는 것이 있다.

"사람이나 배추나 같아. 이 배추는 90일짜리예요. 보통 60일짜리, 45일짜리가 많아요. 빨리 길러서 내면 좋지. 비용이 싸게 먹히고 망칠 위험도 적고. 그런데 90일이나 길고 길게 기르는 마음이 있어. 그 마음을 생각해봅시다. 도 닦는 일이나 배추 기르는 일이나."

김치에 쓸 배추를 고른다. 너무 큰 건 싱겁고 너무 작은 건 떫고. 배추야 다 거기서 거기 같아 보인다. 맞춤한 크기가 잘 안 보인다. 스님은 그러거나 말거나 쑥쑥 배추를 뽑아낸다. 까맣고 윤기 있는 흙이 뿌리에 딸려나온다. 좋은 토양이 좋은 작물을 낸다. 좋은 말씀과 기도에서 사람이 만들어지는 것처럼.

스님의 김치는 역시 예상을 깬다. 방울토마토가 들어간다. 사철 작물이 된 토마토는 김치에도 어울린다. 방울토마토를 넣으면 영양은 물론이고 시원한 맛을 낸다. 김치가 쉬이 무르지 않는 효과도 있다. 토마토는 감칠맛이 많은 작물이니 마치 젓갈을 넣은 것 같은 효과를 일부 볼 수 있다. 상큼한 맛도 더한다. 특이하게도 콩을 넣으신다. 이건 '된장김치'인가. 발효를 하는 유명한 우리 음식이 두 가지 합친 것 같다.

"단백질을 보충하고 콩에 발효를 돕는 효소가 있어요."

만든 김치에서 고소한 맛도 난다. 방울토마토와 콩이 김치에 들어가

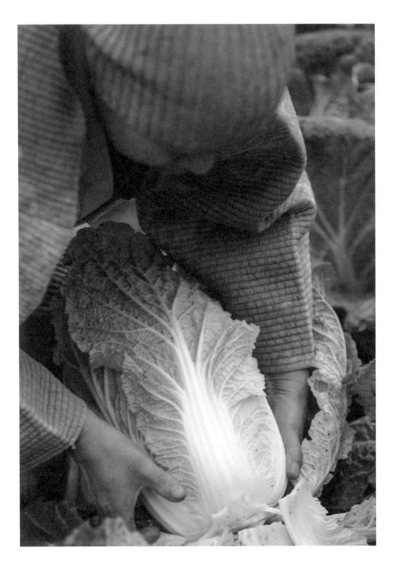

하여튼 배추, 그것도 김치가 마지막
아이템이 된 건 의미심장하다.
기본으로 다시 돌아가는 것,
이 여정의 마감으로 더할 나위 없었다.

는 건 참 보기 어려운 배합이 아닐까 싶다.

연잎 달인 물도 넣으시는데 방부제 노릇을 한다고 한다. 김치의 발효
는 어떻게 보면 부패의 전 단계다. 무르면 곧 쉬는데, 그건 상한다는 뜻
이다. 물론 김치의 유통기한은 엄마가 정하는 일이기는 하지만.

매실청도 살짝 넣으시는데, 많이 넣으면 달아서 과발효가 일어나므
로 주의해야 한다. 여기서 아주 중요한 대목이 등장한다. 먼저 간장을
쓰는 것이다. 간장을 넣는 건 우리 중세의 김치와 같다. 고춧가루가 도입
되기 전에는 보통 간장에 절인 짠지가 김치의 대종을 이루었다. 이 재료
를 쓰면 김치의 향이 깊어지고 감칠맛도 난다. 다음으로 고춧가루다. 이
것을 발효시킨다. 발효시킨 고춧가루는 향이 깊어진다. 풋내가 적고 구
수하고 감칠맛이 도는 김치가 된다.

"고춧가루는 일반적인 거랑 청양이랑 섞어요. 맵기가 적당해집니다."

경상도와 전라도 사찰을 두루 주유하신 터라 다른 개성도 일러주
신다.

"경상도가 좀 더 춥고 하니까 물이 많은 편이고, 전라도는 배추를 절
여서 물을 뺀 후 꼬들하게 담급니다. 날씨가 다르니까."

배추 준비가 끝나니, 김치소를 만든다. 무를 크게 섞박지처럼 썬다.
김치가 시원하고 섬세한 듯하면서 맛의 깊이가 너르다. 아주 특별한 김
치다.

겨울에 김치가 익으면 맛을 보러 오겠다는 말씀으로 이별이다. 겨울,
장성에 눈이 펄펄 나릴 때 다시 오리라. 스님이 그윽한 눈으로 배웅한다.

다시 내 눈시울이 묵직해졌다.

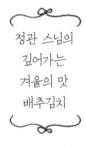

정관 스님의
깊어가는
겨울의 맛
배추김치

준비하세요

배추 5통, 무 2개, 천일염 1되, 재래갓 1/2단, 방울토마토 1kg, 생강 500g, 청각 300g, 메주콩 1컵, 찹쌀죽 10컵, 고춧가루 10컵, 고추씨 1컵, 집간장 1컵, 연잎 달인 물 10컵, 매실청 2컵, 복분자청 3컵

이렇게 만들어요

1 배추를 반으로 갈라 밑동에 칼집을 내고 소금물에 적신다. 줄기 부분에 소금을 뿌려 5시간 정도 절인다. 뒤집어 3시간 정도 더 절이고 씻어서 물기를 뺀다.

2 연잎 5장을 물 12컵을 붓고 달인다.

3 1시간 정도 물에 불려 살짝 삶은 메주콩과, 꼭지를 뗀 방울토마토를 믹서에 간다.

4 갓은 깨끗이 씻어 2~3cm 크기로 송송 썬다. 생강과 청각은 다진다. 무는 두껍게 나박나박 썰어서 매실청, 소금, 고춧가루에 버무려놓는다.

5 연잎 달인 물에 찹쌀죽, 갈은 방울토마토와 메주콩, 매실청, 복분자청, 소금, 고추씨, 집간장을 넣어 양념을 만든다.

6 절인 배추를 가지런히 하여 겉잎부터 속잎까지 양념을 고루 발라 겉잎으로 감싸듯이 마무리한다.

7 단지에 담을 때는 배추김치, 무, 배추김치, 무 순으로 켜켜이 쌓는다. 위에 웃소금을 얹어 마무리한다.

🟤 tip 양념은 미리 만들어 하루 정도 숙성시킨 후 김치를 담그면 더욱 감칠맛 나는 김치가 된다. 배추를 절이기 전 미리 양념을 만들고, 배추를 절인 후 속을 버무리면 과정이 수월하다.

겨울

(배추)

"글쎄, 절밥다운 공양을 했어. 고추나물에
깻잎장아찌, 콩잎절임에 매실장아찌,
김치와 묵은지가 하나였어. 밥이란 뭔지
한소식을 보여 주시더군. 아아, 정말
잘 먹은 밥이었어. 오래도록 그런 밥을
언제 또 먹겠어."

스님, 절밥은
왜 그리도 맛이 좋습니까

2017년 4월 7일 초판 1쇄 발행

지은이 박찬일
발행인 박상근(至弘) • 편집인 류지호 • 편집 김선경, 양동민, 이기선, 주성원
사진 최배문 • 일러스트 정혜선
디자인 쿠담디자인 • 제작 김명환 • 전략기획 유권준, 김대현, 박종욱, 양민호 • 관리 윤애경
펴낸 곳 불광출판사 (03150) 서울시 종로구 우정국로 45-13, 3층
　　　　대표전화 02) 420-3200 편집부 02) 420-3300 팩시밀리 02) 420-3400
　　　　출판등록 1979. 10. 10.(제300-2009-130호)

ISBN 978-89-7479-341-8 (03810)

이 도서의 국립중앙도서관 출판예정도서목록(CIP)은
서지정보유통지원시스템 홈페이지(http://seoji.nl.go.kr)와
국가자료공동목록시스템(http://www.nl.go.kr/kolisnet)에서 이용하실 수 있습니다.
(CIP제어번호: CIP2017008106)